Bianca™

EN LA CAMA CON EL ITALIANO

Sharon Kendrick

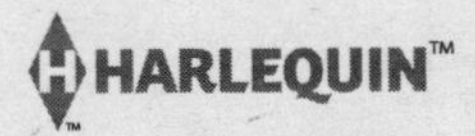

Editado por Harlequin Ibérica.
Una división de HarperCollins Ibérica, S.A.
Núñez de Balboa, 56
28001 Madrid

En la cama con el italiano, n.º 2738 - 13.11.19
Título original: The Italian's Christmas Housekeeper
Publicada originalmente por Harlequin Enterprises, Ltd.

I.S.B.N.: 978-84-1328-495-8
Depósito legal: M-29556-2019
Impreso en España por: BLACK PRINT
Fecha impresion para Argentina: 11.5.20
Distribuidor exclusivo para España: LOGISTA
Distribuidor para México: Distibuidora Intermex, S.A. de C.V.
Distribuidores para Argentina: Interior, DGP, S.A. Alvarado 2118.
Cap. Fed./Buenos Aires y Gran Buenos Aires, VACCARO HNOS.

Este libro ha sido impreso con papel procedente de fuentes certificadas según el estándar FSC, para asegurar una gestión responsable de los bosques.

Capítulo 1

MIENTRAS rodeaba el promontorio, Salvio de Gennaro se quedó mirando las luces titilantes que se vislumbraban a través de una ventana de la vieja casona. Luces de velas. Las velas siempre le recordaban a la Navidad, unas fechas en las que no quería pensar cuando aún faltaban seis semanas. Sin embargo, allí, en Inglaterra, las tiendas ya estaban decoradas para las Navidades, con sus árboles adornados con espumillón, y ofrecían en sus escaparates artículos de regalo que nadie en su sano juicio querría para sí.

Apretó los labios mientras seguía corriendo, con el ruido de las olas rompiendo contra el acantilado como telón de fondo. Detestaba la Navidad... Estaba anocheciendo y empezaba a llover con más fuerza, pero a Salvio le daba igual, aunque tuviera salpicaduras de barro en las piernas y empezase a acusar el cansancio del esfuerzo.

Para él correr se había convertido en una disciplina tan necesaria como el respirar, en algo que lo hacía más fuerte. Ni siquiera le molestaba tener pegados a la piel la camiseta de tirantes y los pantalones cortos que se había puesto para salir a correr.

Pensó en la velada que tenía por delante, y una

vez más se encontró lamentando el haber ido allí. Quería comprarle unos terrenos a su aristocrático anfitrión, y había pensado que en un escenario informal podría cerrar el trato más rápido. La cuestión era que el tipo tenía una agenda muy apretada, y, cuando su secretaria le había dicho que lo habían invitado a cenar y quedarse a dormir, se había sentido en la obligación de aceptar la invitación.

Salvio esbozó una media sonrisa. Quizá debería sentirse agradecido de que lord Avery le hubiese invitado a alojarse en su magnífica casa de Cornualles, que se alzaba junto al acantilado, azotado por las fieras olas del océano. Sin embargo, la verdad era que no estaba precisamente deseando que llegara la hora de la cena. No cuando la esposa de su anfitrión no había dejado de mirarlo desde que había llegado. Lo miraba como una loba miraría a su presa, y aunque no era la primera mujer que se comportaba con él de esa manera, era algo que ya le causaba hartazgo. Era curioso lo poco que lo atraían las mujeres casadas que se empeñaban en tratar de seducirlo, pensó con desdén.

Aspiró una bocanada de aire de mar y, mientras se aproximaba a la casa, anotó mentalmente que tenía que acordarse de decirle a su secretaria que añadiese un par de nombres a la lista de invitados de la fiesta de Navidad que daba cada año. La cuenta atrás ya había empezado, pensó con un suspiro. La celebraba en su casa solariega de los Cotswolds y, como era uno de los acontecimientos sociales más destacados del año, todo el que aspiraba a ser alguien ansiaba ser invitado. Si pudiera no celebraría esa fiesta, pero debía corresponder a la hospitalidad que muchas personas habían tenido con él, y tampoco podía no celebrar la Navidad, por más que quisiera.

Había aprendido a sobrellevar las Navidades, ocultando su aversión tras una fastuosa exhibición de generosidad: compraba caros regalos para su familia y sus empleados, e inyectaba aún más fondos a su fundación benéfica. Además, en esa época viajaba a su Nápoles natal para visitar a su familia, porque eso era lo que hacía un buen napolitano.

No le gustaba volver allí. Nápoles era el lugar donde sus sueños se habían hecho añicos, y ahora era un hombre muy distinto, un hombre que ya no albergaba emoción alguna en su corazón, un hombre que, afortunadamente, ya no estaba a merced de sus sentimientos.

Apretó el ritmo en un sprint final mientras pensaba en la inevitable letanía de preguntas que le haría su familia sobre por qué aún no se había casado con una buena chica y por qué no tenía ya un montón de niños a los que su madre pudiera malcriar.

Cuando llegó a la enorme casa aminoró la marcha, aliviado de haber declinado la invitación de su anfitriona de acompañarlos a su marido y a ella esa tarde a ver una obra de teatro en el pueblo. Así podría aprovechar ese inesperado respiro para intentar relajarse un poco. Entraría en la cocina a por un vaso de agua y subiría a su habitación. Y tal vez se sentaría a leer un libro con el sosegante ruido de las olas de fondo. Pero primero tendría que secarse.

Molly pinchó con el tenedor un trozo de tarta de chocolate, se lo llevó a la boca y gimió de gusto.

Tenía un hambre de lobo. No había probado bocado desde el desayuno, y solo había tomado unas gachas a todo correr antes de empezar la jornada. Además, llevaba toda la mañana trabajando como una loca, limpiando con más ahínco de lo habitual porque lady Avery estaba histérica por un invitado que iba a quedarse a dormir.

–Es italiano –le había dicho–. Y ya sabes lo puntillosos que son con la limpieza los italianos.

Molly no sabía si los italianos eran puntillosos o no con la limpieza, pero le había molestado la insinuación de lady Avery de que no limpiaba suficientemente a conciencia. Por eso se había afanado en limpiar con esmero las lámparas de araña, y había aspirado detrás de los pesados y antiguos muebles. Hasta había fregado de rodillas el porche de atrás. También había puesto un jarrón con ramas de eucalipto y rosas en la habitación del invitado, y había horneado galletas y un bizcocho.

Los Avery apenas utilizaban aquella casa, y esa era una de las razones por las que para ella ese trabajo de ama de llaves era perfecto. Podía vivir con poco y destinar la mayor parte de su salario a pagar la deuda de su hermano y los exorbitantes intereses acumulados.

Faltaba poco para las Navidades. Echaba mucho de menos a su hermano, que estaba en Australia, y aunque la preocupaba sabía que tenía que intentar tomar algo de distancia; tenía que hacerlo. Por el bien de los dos. Además, seguro que Robbie estaba pasándoselo de miedo en la inmensa y soleada Australia.

Tomó otro poco de tarta, preguntándose quién

sería el invitado de los Avery. Sus invitados eran siempre gente interesante: políticos que trabajaban con lord Avery en Westminster, famosos actores que interpretaban a personajes de Shakespeare en los teatros londinenses, empresarios, y a veces incluso algún miembro de la familia real, cuyos guardaespaldas solían entrar en la cocina a pedirle una taza de té.

Sin embargo, jamás había visto a lady Avery tan nerviosa como ante la inminente llegada de aquel tal Salvio de Gennaro. Solo había oído de él que se dedicaba al negocio inmobiliario. Esa mañana lady Avery la había hecho ir a su estudio para recalcarle lo importante que era ese invitado para ellos.

En las paredes había varias fotografías enmarcadas de lady Avery, con collares de perlas y expresión soñadora, fotografías de años atrás, antes de que decidiera hacerse unos cuantos retoques. En su opinión, una muy mala idea.

–¿Está todo listo para la llegada de nuestro huésped? –le había preguntado con aspereza.

–Sí, lady Avery.

–Asegúrate de aromatizar con lavanda la ropa de cama de la habitación de invitados –le ordenó su señora–. Y no te olvides, cuando vayas a vestir la cama, de ponerle las sábanas con nuestras iniciales bordadas.

–Sí, lady Avery.

–De hecho... –su señora se quedó callada, como pensativa–. Tal vez lo mejor sea que vayas al pueblo y compres un edredón nuevo.

–¿Cómo? ¿Ahora?

–Sí, ahora mismo –respondió lady Avery, tamborileando impaciente con sus uñas pintadas de escarlata–. No queremos que el *signor* De Gennaro se queje de haber pasado frío por la noche, ¿verdad?

–Por supuesto que no, lady Avery.

Esa compra de último minuto era la razón por la que Molly no había estado presente para saludar al magnate italiano a su llegada. De hecho, a la vuelta de su expedición al pueblo, cargada con el voluminoso edredón de plumas de ganso, se había encontrado con que no había nadie en la casa. En la habitación de invitados solo la maleta abierta sobre la cama y unas cuantas prendas desperdigadas indicaban que Salvio de Gennaro había llegado. Debía de haber salido con los Avery. Mejor, así podría vestir la cama tranquilamente, se había dicho, poniéndose a la tarea.

Al terminar había bajado a la cocina, y en ese momento, cuando iba a tomar otro pedacito de tarta, oyó que se abría la puerta detrás de ella, dejando entrar una ráfaga de aire frío, que se cerraba de un portazo, y al volverse se encontró con un hombre que solo podía ser el invitado de los Avery.

El corazón le martilleaba con fuerza contra las costillas. Era el hombre más perfecto que había visto jamás. Al darse cuenta de que se había quedado con la boca abierta, se apresuró a cerrarla. El desconocido permaneció allí plantado, con el pelo oscuro mojado y revuelto y las piernas salpicadas de barro. La camiseta de tirantes y los pantalones cortos de chándal que llevaba, y que estaban empapados, no parecían la mejor opción para un crudo día de invierno como aquel, pero Molly no pudo evitar fijarse también en el tono aceitunado de su piel y en su atlético físico.

Tragó saliva. Nunca había visto a un hombre tan guapo. La camiseta de tirantes pegada al torso dejaba entrever a la perfección cada uno de sus músculos y tendones, como si alguien los hubiera pintado sobre ella con un fino pincel. Y esas caderas estrechas y esos muslos que parecían los de una escultura... Cuando alzó la vista y sus ojos se encontraron, se puso roja hasta las orejas. Dejó el plato en la mesa y se levantó, preguntándose por qué de repente le parecía como si el suelo estuviese tambaleándose bajo sus pies.

–Lo... –parpadeó aturdida antes de volver a empezar–. Lo siento; es que no esperaba a nadie...

–Salta a la vista –contestó él, sarcástico, bajando brevemente la vista al plato.

–Usted debe de ser... debe de ser el *signor* De Gennaro. ¿Me equivoco?

–No, no se equivoca –contestó él, enarcando las cejas–. Discúlpeme; parece que la he interrumpido en medio del tentempié que se estaba tomando.

Aunque su inglés era impecable, su seductor acento la turbaba casi tanto como su físico.

–¿Puedo hacer algo por usted? –le preguntó Molly educadamente–. Me temo que lord y lady Avery han salido, y no sé a qué hora regresarán.

–Lo sé –respondió él–. Si pudiera darme un vaso de agua y una taza de café, se lo agradecería.

–Claro. ¿Cómo toma el café?

De Gennaro esbozó una sonrisa.

–Solo. Sin azúcar. *Grazie*.

–Se lo prepararé enseguida y se lo subiré a su habitación –le dijo Molly.

–No hace falta; esperaré aquí –replicó él.

Molly habría preferido que subiese a su habitación. Le preocupaba que se fijase en el sudor que le perlaba la frente, o en cómo se le marcaban de repente los pezones bajo el feo uniforme azul marino que lady Avery había insistido en que se pusiera.

Habría querido decirle que la estaba haciendo sentir incómoda, allí plantado, mirándola, como una estatua, pero por suerte no tuvo que hacerlo. Como si le hubiese leído el pensamiento, Salvio de Gennaro se alejó hasta la ventana. Molly se fijó en que cojeaba un poco de la pierna derecha. ¿Se habría hecho daño corriendo? ¿Debería preguntarle si necesitaba vendas, o algo? Mejor no. Si necesitara cualquier otra cosa, ya se lo pediría él.

Se notaba un mechón de pelo suelto haciéndole cosquillas en la nuca. Si hubiera tenido tiempo para arreglarse un poco antes de que apareciera... Y, si la hubiera encontrado leyendo una novela y no comiendo tarta, le habría parecido una chica interesante, y no una glotona con algún que otro kilo de más.

–Intentaré tardar lo menos posible –balbució la joven, abriendo un armarito para sacar un vaso y una taza.

–No tengo ninguna prisa –le aseguró él.

Era la verdad. Además, aunque no sabía muy bien por qué, se estaba divirtiendo. Quizá fuera la novedad de estar con una mujer muy distinta de las que poblaban su mundo: una mujer con curvas, una mujer que se sonrojaba cuando la pillaba mirándolo. La observó mientras se movía por la cocina. Su silueta curvilínea le recordaba a las botellas de vino *verdicchio* alineadas en los estantes del bar en el que había trabajado de chiquillo, barriendo y fregando el suelo.

La joven se dio la vuelta para encender la cafetera que había sobre la isleta central de la cocina, y a Salvio se le secó la garganta al bajar la vista a sus pechos. «¡*Madonna mia*!», pensó tragando saliva. ¡Qué pechos!

Cuando le dio la espalda para abrir el frigorífico se sintió aliviado porque tenía una erección más que evidente, pero su bonito trasero lo dejó traspuesto. Estaba fantaseando con cómo estaría con esa brillante melena castaña suelta cuando la joven se volvió de nuevo y sus ojos grises se encontraron con los de él.

Salvio sintió como si se hubiera formado electricidad estática en el aire. La joven parecía molesta, pensó divertido, como si estuviera reprendiéndolo por haber estado mirándola de un modo tan insolente. Y se merecía esa reprimenda. ¿Por qué se había quedado mirándola embobado, como habría hecho un adolescente al ver a una mujer hermosa por primera vez?

–¿Es usted la cocinera de los Avery? –inquirió acercándose a la isleta, en un intento de redimirse con aquella pregunta trivial.

–Oficialmente, soy el ama de llaves –contestó ella mientras le servía el café–. Pero en realidad hago un poco de todo. Cocino, limpio, hago la compra, abro la puerta, me aseguro de que a los invitados no les falte nada… –le explicó. Le sirvió también un vaso de agua y lo dejó junto a la taza–. ¿Necesita alguna cosa más?

Salvio sonrió.

–No, pero me gustaría saber cómo se llama.

Ella dio un respingo, como si no le preguntaran su nombre muy a menudo.

–Molly –contestó tímidamente. Tenía una voz tan dulce…–. Molly Miller.

«Molly Miller…». Salvio se sintió tentado de repetirlo en voz alta, pero su conversación se vio interrumpida por la luz de los faros de un coche, que cruzó la cocina a través de la ventana, y el crujido que hacía la gravilla al paso de los neumáticos. Molly dio un respingo.

–Son los Avery –murmuró.

–Sí, deben de ser ellos.

–Será mejor… será mejor que se vaya a su habitación –le dijo ella nerviosa–. Debería estar preparando la cena, y a lady Avery no le hará mucha gracia encontrarlo aquí, charlando conmigo.

Salvio tomó la taza y el vaso de agua y se dirigió a la puerta.

–*Grazie mille* –le dijo, volviéndose un momento antes de salir.

Y apretó el paso hacia la escalera para no toparse con los Avery en el pasillo.

Ya en su habitación, lo irritó descubrir que no se disipaba el deseo que la joven había despertado en él. Así que, en vez de la ducha caliente que había pensado darse, acabó dándose una ducha fría para intentar apartar de su mente a la dulce y curvilínea ama de llaves y aplacar el exquisito dolor que palpitaba en su entrepierna.

Capítulo 2

MOLLY, estas patatas tienen un aspecto horrible. No podemos pedirle al *signor* De Gennaro que se coma esto. ¿Las has horneado siquiera? ¡Están duras como piedras!

Molly notó cómo se le subían los colores a la cara ante la mirada acusadora de lady Avery. ¿Tan mal estaban? Estaba segura de haberlas horneado el tiempo suficiente. Y antes las había embadurnado bien con grasa de ganso para que salieran doradas y crujientes. Pero no, ahora que las miraba bien, parecía que estaban anémicas.

–No sabe cómo lo siento, lady Avery –se disculpó tomando la fuente–. Volveré a meterlas en el horno y...

–¡Ni hablar! –la cortó su señora–. Acabaríamos de cenar a medianoche y lo último que quiero es irme a la cama con el estómago lleno –dijo irritada–. Y estoy segura de que tú tampoco, ¿verdad, Salvio?

¿Se lo había imaginado, o le había lanzado lady Avery una sonrisa cómplice a su invitado, que estaba sentado al otro lado de la mesa? Había pronunciado su nombre en un tono de lo más empalagoso, y el modo en que estaba mirándolo hizo que a Molly se le revolviera el estómago. No podía ser que lady

Avery estuviese sugiriendo que pensaba acostarse con él; no cuando su marido se hallaba sentado a menos de medio metro, pensó.

Sin embargo, le había parecido extraño que lady Avery hubiera bajado a cenar ataviada con un vestido ajustadísimo y muy escotado. Desde que se habían sentado a la mesa no había dejado de flirtear de un modo desvergonzado con su huésped. Suerte que su marido, que tenía veinte años más que ella y que iba ya por la segunda botella de borgoña, parecía ajeno a sus coqueteos.

La cena estaba siendo un desastre, y Molly no comprendía por qué. Era una buena cocinera. Se había pasado años cocinando para su madre y su hermano pequeño con un presupuesto muy limitado. Además, el día que lady Avery la había entrevistado, antes de contratarla, había tenido que preparar una merienda completa –incluido un plum-cake– en solo dos horas, y había pasado aquella prueba sin dificultad alguna.

Hacer una cena para tres personas tampoco debería haber supuesto ninguna complicación para ella, pero no había contado con el efecto que el invitado de los Avery tendría en ella. Después de su inesperada visita a la cocina unas horas atrás, le había costado calmar su corazón desbocado y concentrarse en sus tareas. Estaba como atolondrada y, aunque sonara ridículo, excitada. Recordó un momento en que sus ojos se habían encontrado, y se preguntó si habría sido cosa de su imaginación cuando le había parecido que saltaban chispas entre ellos. Por fuerza tenía que habérselo imaginado; era imposible que un hombre que podría elegir a la mujer que quisiera, pudiese sentir el más mínimo interés por una ingenua chica de provincias que además estaba rellenita. ¡Ni en sueños!

Pero no podía negar que aquel encuentro la había dejado descolocada. Además, cuando él se había marchado de la cocina, se había quedado de lo más alicaída, algo inusual en ella, que siempre intentaba ser optimista, aunque las cosas no le fueran bien. Era de esas personas que siempre veían el vaso medio lleno. Entonces, ¿por qué había pasado el resto de la tarde tan baja de moral?

–¿Molly? ¿Has escuchado algo de lo que te he dicho?

Molly se puso tensa al ver la ira en los ojos de lady Avery. Las facciones de su invitado se ensombrecieron. Tal vez se estaba preguntando cómo podían haber contratado a un ama de llaves tan desastrosa.

–Lo siento mucho –se apresuró a disculparse con su señora–. Estaba un poco distraída.

–¿Un poco? ¡Pues parece como si llevaras toda la tarde con la cabeza en las nubes! –la increpó lady Avery–. ¡La carne está demasiado hecha, y los entrantes estaban helados!

–Vamos, Sarah; no es para tanto –le dijo Salvio de Gennaro suavemente–. Dale un respiro a la chica.

Molly levantó la cabeza y la comprensión que vio en sus ojos oscuros hizo que una cálida y reconfortante sensación la invadiera. Era como estar sentada junto a una chimenea cuando fuera nevaba, como estar envuelta en una suave manta de cachemira.

Por un momento, lady Avery pareció desconcertada. Tal vez el sutil reproche de su invitado le había hecho darse cuenta de que no daba muy buena imagen echándole un rapapolvo a su ama de llaves delante de él. Quizá por eso le lanzó esa sonrisa algo inquietante.

–Por supuesto. Tienes toda la razón, Salvio. No es para tanto. Después de todo, tampoco es que nos hayamos quedado con hambre, ni nada de eso. Molly siempre nos pone muy bien de comer. En fin, ¡no hay más que mirarla para ver que ella misma es de buen comer! –observó lady Avery con una risotada. Miró a su marido, que estaba roncando suavemente con la cabeza colgando sobre el pecho, y sacudió la cabeza–. Molly, voy a despertar a lord Avery y lo llevaré a la cama. Luego el *signor* De Gennaro y yo nos sentaremos un rato junto a la chimenea de la biblioteca. Quizá podrías traernos un aperitivo para compensar la cena. No hace falta que te compliques mucho; cualquier cosa de picar servirá –le indicó con una sonrisa forzada–. Y tráenos también otra botella de Château Lafite, ¿quieres?

–Sí, lady Avery.

Salvio apretó los puños y siguió con la mirada a Molly, que abandonó a toda prisa el comedor, pero no hizo más comentarios mientras su anfitriona rodeaba la mesa para despertar a su marido y se lo llevaba de allí con palpable impaciencia. Sin embargo, ya a solas no disminuyó la irritación que lo había invadido ante el modo injusto en que la aristócrata había tratado a su ama de llaves. Tampoco había podido evitar sentirse identificado con ella. Él había pasado por situaciones parecidas, y sabía lo que era que lo trataran a uno como a una máquina en vez de como a una persona.

Esperaría a que su anfitriona regresara, se tomaría una copa con ella, ya que no le quedaba otro remedio, y se retiraría a su habitación. Se marcharía a primera hora de la mañana, cuando todos durmieran aún. Aquel viaje había sido una completa pérdida de tiempo, con lord Avery demasiado borracho como para hablar de negocios. Y tampoco había podido trabajar nada con su portátil porque la condenada conexión a Internet se iba todo el tiempo y él no podía dejar de pensar en Molly, la fruta prohibida. Era una locura; ¿qué tenía aquella joven como para despertar en él tal deseo que no podía pensar más que en ella?

–¡No sabes cuánto lo siento, Salvio! –exclamó una voz detrás de él. Sarah Avery había vuelto, y avanzaba hacia él con expresión resuelta, clavando los finos tacones de sus zapatos en la alfombra persa–. Me temo que a veces Philip no tiene medida cuando bebe, y bueno… ya sabes lo que ocurre. En fin, vayamos a la biblioteca a tomar esa copa, ¿te parece? –le dijo con una sonrisa deslumbrante.

Habían sido muchas las razones por las que Salvio se había marchado de Nápoles, y había asimilado muchas de las costumbres inglesas –ahora se consideraba educado y sofisticado–, pero los valores tradicionales en los que se había criado salían con frecuencia a la superficie. Y en Nápoles una mujer jamás criticaba a su marido delante de otra persona, especialmente delante de un desconocido.

–Bueno, pero solo una copa –le dijo. La desaprobación hizo que su tono sonara algo brusco–. Tengo una agenda muy apretada mañana, así que me iré a primera hora.

–¡Pero si acabas de llegar!

–Lo sé, pero es que tengo varias reuniones en Londres –se limitó a contestar él.

–¡Vaya! ¿Y no puedes cancelarlas? –insistió ella–. En fin, he oído que eres un adicto al trabajo, pero estoy segura de que hasta alguien tan ocupado como tú baja un poco el ritmo de vez en cuando. Y aún no hemos podido enseñarte el resto de la propiedad.

Salvio, que encontraba su actitud irritante, además de entrometida, tuvo que hacer un esfuerzo para esbozar una sonrisa.

–No me gusta faltar a mis compromisos –le dijo mientras la seguía hasta la biblioteca.

Allí estaba Molly con una bandeja en la mano, colocando en una mesita junto a la chimenea una tabla de quesos, dos copas y la botella de vino. Lo rígidos que tenía los hombros denotaba lo tensa que estaba. Y no era de extrañar, estando como estaba allí atrapada, trabajando para una mujer tan grosera y exigente como Sarah Avery.

Se dejó caer en uno de los sillones de orejas, y observó a su anfitriona, que se quedó de pie, junto a la chimenea, en una pose con la que sospechaba que pretendía hacer que apreciara su esbelta figura. Deslizó un dedo lentamente por la curva de un antiguo jarrón, y sonrió.

–¿No estás deseando que lleguen las Navidades, Salvio? –inquirió mientras Molly servía el vino.

Aquella pregunta hizo que se pusiera alerta, temiéndose que estuviera pensando en invitarlo a pasarlas con ella.

–Suelo estar fuera en esas fechas, me voy a Nápoles –le contestó, tomando la copa que Molly le tendió. Por alguna absurda razón, lo llenó de satisfacción captar su mirada y verla ruborizarse antes de que se apresurara a apartar la vista–. Siempre me alegro de ver a mi familia, pero lo cierto es que no tanto como cuando se acaban las fiestas. Durante las Navidades es como si el mundo entero se parara, y los negocios sufren.

–¡Hombres! –exclamó Sarah Avery, sentándose en el otro sillón, frente a él–. Sois todos iguales.

Salvio no podía dejar de mirar a hurtadillas a Molly, que se había quedado a un lado, nerviosa y con las manos entrelazadas, por si su señora ordenaba algo más. Se había cambiado el uniforme por otro más sencillo, un vestido negro que abrazaba sus curvas, y un mechón de pelo castaño le caía sobre la mejilla. Tomó un sorbo de su copa y se aclaró la garganta, antes de preguntarle a su anfitriona por educación:

–¿Y cómo vais a pasar tu marido y tú las Navidades?

Era obvio que aquella era la oportunidad que Sarah Avery había estado esperando, porque se explayó refiriéndole cómo la detestaban los hijos de Philip, su marido, ya todos adultos, y que la culpaban del divorcio de sus padres.

–No es que yo me hubiera propuesto seducirlo, ni nada de eso, pero era su secretaria, y esas cosas pasan –le dijo encogiéndose de hombros–. Philip me aseguró que no pudo evitar enamorarse de mí, que nada habría podido impedirlo. ¿Y cómo iba a saber yo que su mujer estaba embarazada? –tomó un trago de vino–. El caso es que me da igual que sus hijos no quieran saber nada de mí, porque a mí quien me preocupa es mi marido, pero creo que deberían mostrarse más respetuosos, porque si no Philip podría desheredarlos.

Salvio aguantó unos minutos más de su mezquina cháchara, indignado por su desvergüenza, y, cuando ya no pudo más, se levantó, y aunque ella trató de convencerlo de que no se retirara tan pronto, al final pareció captar el mensaje de que se iba a la cama. Solo.

Sarah Avery puso morritos, como una niña caprichosa, pero él la ignoró, y, cuando llegó a su habitación y cerró tras de sí, se sentía como un ratoncito que había escapado de las garras de una gata.

Aliviado, paseó la mirada por la estancia. Un fuego acogedor crepitaba en la chimenea, y junto a la ventana había un mueble bar, con vasos, copas y varios decantadores con distintos licores. De las paredes colgaban paisajes de pintores de renombre. Resultaba irónico, pensó torciendo el gesto. Los Avery poseían cuadros que habrían ocupado un lugar de honor en una galería de arte, pero para ir al baño había que recorrer un pasillo gélido. Parecía que a algunos miembros de la aristocracia les era desconocido el concepto de «cuarto de baño privado».

Bostezó, pero en vez de desvestirse y meterse en la cama, se puso a hacer la maleta para poder marcharse a primera hora como había pensado. Fuera unos nubarrones negros cruzaban el cielo y tapaban parcialmente la luna, tornando el encrespado océano en un manto negro y plateado. Era una vista hermosa, pero se sentía incapaz de admirarla en ese momento. Estaba inquieto, y no sabía por qué.

Se aflojó la corbata, se desabrochó el cuello de la camisa y se aventuró al frío pasillo para ir al baño. Sin embargo, de camino allí un ruido en el piso de arriba lo hizo detenerse. Al principio le costó identificarlo. Se quedó quieto, escuchando, y volvió a oírlo otra vez. Al darse cuenta de que parecían sollozos, entornó los ojos. Parecía alguien llorando.

Lo cierto era que no era asunto suyo. Al alba se marcharía, y lo que debería hacer era irse a la cama para poder levantarse temprano, pero le remordía la conciencia. Aquellos sollozos no podían ser más que del ama de llaves de los Avery. Sin pensarlo, se encontró subiendo la estrecha escalera que había al final del pasillo, siguiendo aquel ruido. Pronto se oyó con más claridad. Sí, no había duda de que eran sollozos. Al pisar el último escalón este crujió, y tras una puerta cerrada la voz de la joven inquirió nerviosa:

–¿Quién hay ahí?

–Soy yo. Salvio.

Oyó pasos apresurados dentro de la habitación, y cuando la puerta se abrió se encontró con Molly frente a él. Aún tenía puesto su uniforme negro, pero se había soltado el cabello, que le caía como una gloriosa cascada hasta la cintura, y se había quitado los zapatos. Al ver el miedo en sus ojos grises, algo enrojecidos por el llanto, la lujuria que había experimentado desde el momento en que había puesto sus ojos en ella fue reemplazada por una honda compasión.

–¿Qué ha pasado? –inquirió–. ¿Se encuentra mal?

–No ha pasado nada; estoy bien. ¿Quería algo? Quiero decir... ¿ha encontrado su habitación de su gusto, *signor* De Gennaro?

–No tengo ninguna queja de mi habitación –contestó él con impaciencia–. Y lo que quería es saber por qué estaba llorando.

–No estaba llorando.

–Ya lo creo que estaba llorando.

Ella levantó la barbilla en un gesto desafiante que no se esperaba.

–Creo que tengo derecho a llorar cuando estoy a solas en mi habitación.

–Y creo que yo tengo derecho a preguntarle por qué llora cuando su llanto no me deja dormir.

La joven parpadeó.

–¿Tanto se me oía?

Él esbozó una breve sonrisa.

–Bueno, en realidad ni siquiera me había metido aún en la cama, pero no es un ruido que a nadie le agrade oír.

–Mire, siento haberle molestado, pero ya estoy bien. ¿Lo ve? –le dijo ella, obligándose a esbozar una sonrisa–. No volverá a ocurrir.

Sin embargo, que estuviese intentando librarse de él hizo que a Salvio le picara la curiosidad. Recorrió la habitación con la mirada. Era pequeña. De hecho, hacía tiempo que no veía una habitación tan pequeña. Había una cama estrecha que no parecía muy confortable, una cómoda, un armario, una silla y poco más. De pronto fue consciente del frío que hacía allí y pensó en el fuego que ardía en la chimenea de su dormitorio.

–Debe de congelarse aquí –murmuró.

–Estoy acostumbrada al frío. Ya sabe cómo son estas casas viejas. Hay un radiador ahí, junto a la ventana, pero apenas calienta.

–Escuche, ¿por qué no viene a mi habitación, y se sienta un rato junto a la chimenea? Y la invitaré a un trago; eso la ayudará a entrar en calor.

La joven vaciló un momento antes de sacudir la cabeza.

–Es muy amable por su parte, pero no puedo.

–¿Por qué no?

–Porque lady Avery pondría el grito en el cielo si me pillara socializando con uno de sus huéspedes.

–No tiene por qué enterarse –le dijo él con complicidad–. Si usted no le dice nada, yo tampoco lo haré. Vamos, está temblando, ¿qué daño puede hacerle?

Molly vaciló de nuevo. Se sentía tentada de aceptar; quizá demasiado. Y no solo porque hiciera frío en su dormitorio. Una sensación de desasosiego se había instalado en su pecho después del rapapolvo que acababa de echarle lady Avery, que había entrado en la cocina hecha una furia. Se había puesto a gritarle, diciéndole que no podría ser más torpe e incompetente, que en toda su vida no había pasado tanta vergüenza, y que no le extrañaba que el *signor* De Gennaro hubiese decidido retirarse de un modo tan abrupto.

Y, sin embargo, allí estaba ahora ese hombre, de pie en el umbral de su humilde habitación, invitándola a tomar una copa con él. Se había quitado la corbata y se había desabrochado el cuello de la camisa, y esos pequeños cambios lo hacían parecer más relajado y menos intimidante. Y era tan guapo... No resultaba difícil comprender por qué lady Avery se había puesto en ridículo durante la cena, flirteando descaradamente con él.

Y no solo era increíblemente sexy, sino que además se había mostrado comprensivo con sus meteduras de pata en la cena y había salido en su defensa. Y en ese momento estaba mirándola con esa misma amabilidad a la que tan difícil resultaba resistirse, sobre todo cuando una no esperaba que la trataran con amabilidad.

¿Acaso no podía olvidarse de todo, por una vez, y relajarse un poco? Todavía algo vacilante, encogió un hombro.

–Está bien –le dijo–. Pero solo una copa. Y gracias –añadió, volviendo a calzarse los zapatos.

Él asintió brevemente, como si hubiera dado por hecho que acabaría aceptando su ofrecimiento. Molly intentó convencerse de que aquello no tenía nada de especial, pero no pudo evitar que el corazón le palpitara de nervios mientras lo seguía por el estrecho pasillo hacia su lujosa habitación, en el piso inferior.

Capítulo 3

AQUÍ tiene.

–Gracias –murmuró Molly, tomando la copa de brandy que Salvio le tendía.

¿Había sido una locura aceptar su invitación? Ahora que estaba en su habitación se sentía incómoda y fuera de lugar. Sus ojos se posaron en la maleta abierta, a medio hacer, en el extremo más alejado de la estancia y, por alguna estúpida razón, se le cayó el alma a los pies. Era obvio que estaba impaciente por salir de allí. Cambió el peso de un pie al otro.

–¿Por qué no viene a sentarse aquí, junto al fuego? –le sugirió Salvio.

Molly tomó asiento en el sillón que le había indicado. Se le hacía raro estar «de visita» en aquella habitación que tantas veces había limpiado. Tomó un sorbito de su copa y tosió cuando el licor le quemó la garganta.

–No tiene costumbre de beber, ¿eh? –inquirió Salvio con sorna, mientras se servía él también.

–La verdad es que no –admitió ella.

Sin embargo, ese minúsculo sorbo que se había tomado bastó para empezar a deshacer el nudo de tensión que tenía en la boca del estómago, y un agradable calorcillo se extendió por su cuerpo. De hecho, hasta podría decirse que estaba empezando a relajarse.

Pero ni siquiera el alcohol podría hacerle olvidar el hecho de que estaba en la habitación de un hombre que, además de ser un desconocido, era el invitado de sus señores. ¿Qué pensaría lady Avery si entrase y la encontrara allí? Una tremenda ansiedad la invadió cuando miró a Salvio, que estaba volviendo a colocar el pesado tapón de cristal en el cuello de la licorera.

–No debería estar aquí –musitó nerviosa.

–Eso ya lo ha dicho –murmuró él–. Pero aún no me ha contado por qué estaba llorando.

–Pues… –Molly tomó otro sorbo de brandy antes de dejar la copa en una mesita que había cerca–. No era por ninguna razón en concreto.

–¿Por qué será que no la creo? –dijo él con suavidad–. ¿Qué ha pasado? ¿Lady Avery ha vuelto a reprenderla por la cena?

Por la expresión sorprendida de Molly comprendió que no se equivocaba.

–Me lo merecía –murmuró la joven–. Todo lo que había preparado era un desastre.

Su respuesta decía mucho en su favor. Habría estado más que justificado que se hubiese quejado de su señora, pero no lo había hecho.

–¿Y ese era el único motivo por el que estaba llorando?

Molly no iba a contarle la verdad. Además, seguro que no tendría ningún interés en que le hablara de su díscolo hermano, ni de su mala costumbre de endeudarse hasta las cejas. Y tampoco quería pensar en Robbie, que la había llamado hacía solo una hora, preguntándole si podría prestarle algo de dinero, a pesar de sus promesas de que iba a buscarse un empleo. ¿Cómo podía ser que ya estuviese sin blanca? No podría soportar que volviese a caer en aquella terrible espiral de perder todo su dinero y el de ella jugando al póquer, de acabar endeudado con tipos peligrosos que no dudarían en partirle su cara bonita.

–Tal vez sentía lástima de mí misma –murmuró incómoda, encogiéndose de hombros–. Algo que me imagino que usted no habrá experimentado nunca.

Salvio esbozó una amarga sonrisa. Era conmovedor que pensara tan bien de él. ¿De verdad creía que, solo por ser un hombre rico y de éxito, no había conocido el dolor, ni la desesperanza? Apretó los labios. Años atrás su vida había explotado por los aires y lo había perdido todo. Jamás olvidaría la oscuridad que lo había engullido, enviándolo a lo que entonces le había parecido un profundo pozo sin fondo. Y aunque había conseguido salir de aquel atolladero y se había obligado a empezar de cero, una experiencia así jamás se olvidaba. Era algo que lo marcaba a uno, que lo cambiaba, que lo convertía en alguien distinto: un extraño para sí mismo y para los que lo rodeaban. Por eso se había ido de Nápoles, porque no podía soportar el hecho de que aquel lugar le recordase a cada paso sus fracasos.

–¿Por qué sigue aquí?, ¿por qué no busca otro trabajo? –le preguntó en un tono quedo.

–Me pagan bien.

–¿Y eso compensa el que esa mujer la trate como la trata?

Molly sacudió la cabeza, y su largo cabello se balanceó de lado a lado como una cortina de terciopelo.

–No suele gritarme tanto como esta noche.

–Pero, aun así, esta casa está en un sitio bastante… aislado. Dudo que por aquí viva mucha gente de su edad.

–Bueno, quizá esa sea una de las razones por las que me gusta este trabajo.

Él enarcó las cejas.

–¿No le gusta hacer vida social?

Molly vaciló. ¿Debería decirle que siempre se sentía como un pez fuera del agua cuando estaba con gente de su edad?, ¿que nunca se relajaba, ni se divertía, ni hacía locuras? Había pasado demasiados años cuidando de su madre, y luego intentando evitar que su hermano se descarriara, y, cuando una persona se veía obligada, como le había pasado a ella, a comportarse de forma sensata durante tanto tiempo, acababa convirtiéndose en parte de ti, y era difícil actuar de otro modo.

–Socializar resulta bastante caro, y estoy tratando de ahorrar. Quiero enviar a mi hermano a la universidad, y la matrícula no es precisamente barata. Ahora mismo está en Australia –le explicó, cuando lo vio enarcar las cejas de nuevo–. Se está tomando una especie de… año sabático.

Salvio frunció el ceño.

–¿O sea que usted está aquí, matándose a trabajar, mientras él está por ahí, divirtiéndose? Es una hermana muy sacrificada.

–Cualquiera en mi lugar haría lo mismo.

–No, cualquiera no. Tiene suerte de tener a una hermana como usted.

Molly tomó su copa y bebió otro sorbo de brandy. Se preguntaba si Salvio de Gennaro se sorprendería si supiese la verdad, que Robbie ni siquiera había solicitado plaza en una universidad, porque, por más que había intentado convencerle de que debía seguir estudiando si no quería acabar sirviendo, como ella, aún se lo estaba «pensando».

Se pasó la lengua por los labios, que tenían un regusto a brandy. No quería pensar en Robbie. ¿No se merecía una noche libre, una noche en la que sentirse joven y despreocupada, y disfrutar de la compañía de un hombre apuesto como Salvio, aunque solo la hubiese invitado porque sentía lástima por ella?

Dejó la copa en la mesa y lo miró. Salvio no se había movido del lugar en el que se había quedado hacía un rato, de pie, junto a la ventana, y su musculosa figura se recortaba contra la luz de la luna.

–¿Y qué me dice de usted? –le preguntó–. ¿Qué lo ha traído aquí?

Salvio se encogió de hombros.

–Se suponía que iba a discutir una transacción con Philip Avery –le explicó. Torció los labios en una sonrisa irónica–. Aunque no parece que eso vaya a ocurrir.

–Mañana por la mañana estará más receptivo –fue la diplomática respuesta de Molly.

–Para entonces ya será tarde –le dijo él–. Me marcharé en cuanto amanezca.

El sentimiento de decepción volvió a apoderarse de Molly.

–Vaya, pues es una lástima –murmuró.

Salvio sonrió, como divertido.

–Lo que es una pena es que una joven tan dulce como usted rehúya al mundo recluida en un sitio como este.

«Dulce». Aunque sabía que era un cumplido, por algún motivo la ofendió. «Dulce» no era «sexy». No, ella no era nada sexy.

–¿Eso cree?

Él asintió, fue hasta el escritorio y escribió algo en el reverso de una tarjeta de negocios antes de cruzar la habitación para tendérsela.

–Tenga. Es el teléfono de mi secretaria –le dijo–. Si en algún momento decide que quiere probar algo distinto, llámela. Conoce a mucha gente, y siempre escasea el personal doméstico –la miró a los ojos y añadió–: Seguro que puede encontrar algo mejor que esto.

–¿A pesar del modo en que he metido la pata con la cena? –murmuró ella en un tono humorístico, aunque estaba claro que Salvio estaba despachándola.

Se levantó del sillón y se guardó la tarjeta en el bolsillo del vestido.

–A pesar de eso –asintió él, mientras seguía el movimiento de su mano con la mirada.

Cuando alzó la vista y sus ojos se encontraron, fue como si se produjera un sutil cambio en el ambiente. Había estado preguntándose si no se habría imaginado la atracción que había creído sentir entre ellos, pero quizá sí fuera real. Tan real como el hecho de que de repente se le hubieran endurecido los pezones. Tan real como el calor que había aflorado entre sus muslos. Contuvo el aliento y esperó en silencio, porque su instinto le decía que iba a tocarla. A pesar de que él fuera un hombre rico e importante y ella solo una sirvienta. Y entonces ocurrió: Salvio alzó la mano y le acarició de un modo vacilante el pelo.

–Su cabello parece de seda.

Nunca le habían dicho nada tan bonito. Molly sintió que se derretía por dentro, y se preguntó si no estaría lisonjeándola para hacerla caer un poco más bajo su poderoso hechizo. Debería apartarse de él, darle las gracias por su amabilidad, por la tarjeta con el teléfono de su secretaria, y volver cuanto antes a su pequeño dormitorio. Sin embargo, no se movió, sino que permaneció allí de pie, admirando embelesada sus viriles facciones y rogando por que la besara y el cuento de hadas fuera completo, aunque luego solo le quedara aquel recuerdo.

–¿De... de veras? –balbució.

Salvio esbozó una sonrisa y acarició los temblorosos labios de la joven. De pronto se notaba la garganta seca por lo que estaba a punto de hacer. La había invitado allí porque había intuido que se sentía sola e infeliz, no para seducirla.

Sin embargo, Molly había despertado en él unos sentimientos que había creído muertos hacía largo tiempo. Había despertado su compasión, igual que en ese momento estaba despertando ciertas sensaciones en su cuerpo. Se notaba tirante la entrepierna, pero su ansia por besarla era aún mayor que la de hacerla suya. Debería contenerse, se dijo, debería despacharla con amabilidad y hacerla volver a su cuarto. Y tal vez habría podido hacerlo, si ella no hubiera suspirado temblorosa en ese momento, y su cálido aliento no le hubiera rozado el pulgar.

¿Cómo podía ser tan potente algo tan insignificante como una brizna de aliento?, se preguntó maravillado mientras se miraba en sus ojos grises.

–Me muero por besarla –le dijo con suavidad–, pero si lo hago una cosa llevará a la otra y acabaré haciéndole el amor, y no sé si eso sería buena idea. Usted es la única que puede detenerme –añadió con voz ronca–. Impídamelo. Háganos un favor a ambos y váyase, porque algo me dice que esto sería un error.

Estaba dándole la oportunidad de marcharse, pero Molly sabía que no iba a tomar esa salida que estaba ofreciéndole. ¿Cuántas veces en la vida le ocurría algo así a alguien como ella? No era como la mayoría de las mujeres de su edad. De hecho, aún era virgen. Había conocido a unos pocos hombres a través de una página web de citas, pero ninguno de esos intentos había funcionado. Y ahora que un perfecto desconocido le estaba proponiendo sexo, de repente estaba dispuesta a aceptar, y le daba igual si era un error. ¿No se había pasado toda su vida intentando obrar bien? ¿Y de qué le había servido?

El corazón parecía que fuera a salírsele del pecho cuando levantó la cabeza y devoró con los ojos sus apuestas facciones.

–Me da igual que sea una mala idea –susurró–. Quizá lo desee tanto como usted.

Su respuesta hizo que Salvio se tensara. Entornó los ojos y masculló algo ininteligible, como si en vez de alegrarse se estuviese maldiciendo a sí mismo, antes de atraerla hacia sí. Le apartó el cabello del rostro, y en el instante en que sus labios se fundieron con los de ella, Molly supo que no habría vuelta atrás.

Al principio fue un beso lento, como si Salvio quisiese explorar su boca sin prisa, pero, cuando estaba empezando a dejarse atrapar por esa magia, el beso se tornó brusco, ardiente, avivando la chispa del deseo en su interior. Salvio la levantó, haciendo que sus pechos quedaran aplastados contra su torso, y notó su dura erección contra su pelvis. Debería haberse sentido abrumada, pero ya no se sentía como Molly, la niña buena, sino como una Molly lasciva, presa del deseo.

Una risa temblorosa escapó de los labios de Salvio cuando, al cerrar los dedos sobre uno de sus senos, el pezón se endureció al instante contra su palma.

Sin aliento, Molly notó que estaba quitándole el vestido. Cuando lo dejó caer al suelo y dio un paso atrás para mirarla, pensó en lo extraño que era que la admiración de los ojos de un hombre bastase para hacer desaparecer de un plumazo las inseguridades de una mujer. Porque por una vez no se encontró pensando en lo fláccido que era su vientre, o en que sus pechos eran demasiado grandes. Ni tan siquiera en que el sujetador no iba a juego con las prácticas braguitas de algodón que llevaba. En vez de eso estaba extasiada al ver que los ojos negros de Salvio estaban recorriendo su cuerpo con un ansia descarnada.

Y entonces la alzó en volandas. ¡En volandas! Casi no podía creérselo. La llevó a la cama en volandas como si no pesase nada, apartó el edredón y la sábana y la depositó sobre el colchón. Palpitante de excitación, tragó saliva y lo observó embelesada mientras se desvestía. Primero se quitó los zapatos y los calcetines. Luego se desabrochó la camisa, dejando al descubierto su magnífico torso, y se bajó la cremallera de los pantalones y se los quitó. Pero, cuando enganchó los pulgares en la cinturilla elástica de los boxers, Molly cerró los ojos con fuerza.

–No, no hagas eso –le reprochó él con suavidad–. Abre los ojos y mírame.

Molly tragó saliva de nuevo y obedeció. No podía negar que fue algo abrumador ver lo excitado que estaba, pensó mordiéndose el labio inferior. Salvio sonrió.

–*Me fai asci pazzo* –murmuró.

–¿Qué… qué significa eso?

–Que me vuelves loco.

–Me encanta el italiano –dijo ella tímidamente–; suena tan sexy…

–No es italiano –replicó él molesto, subiéndose a la cama con ella–. Es napolitano.

Molly parpadeó.

–¿Napolitano?

–Es un dialecto del italiano –le explicó él.

Molly lo vio sacar varios preservativos del cajón de la mesilla, y aunque esa imagen le quitó algo de romanticismo al momento, pronto descubrió que la sensación de estar piel contra piel era algo indescriptible, divino. Mucho mejor que la tarta de chocolate.

–Salvio… –murmuró, probando por primera vez a decir su nombre en voz alta.

–¿Sí, *bedda mia*? ¿Quieres que te bese otra vez?

–Sí, por favor –le suplicó ella con tal fervor que lo hizo reír.

Sus besos eran increíbles. Se sentía como si estuviese drogándola con ellos, haciendo su cuerpo más receptivo a cada caricia de sus dedos. ¡Y esos dedos! ¡Qué magia obraban en ella cada vez que se deslizaban por su piel temblorosa!

Salvio le pellizcó los pezones hasta que Molly empezó a retorcerse de placer, y, cuando deslizó la mano entre sus muslos y descubrió lo húmeda que estaba, tuvo que silenciar sus gemidos con un beso.

Molly, que no quería permanecer pasiva, decidió prodigarle también algunas caricias. Al principio se concentró en el torso, antes de atreverse a explorar su vientre, mucho más plano que el suyo. Sin embargo, cuando se armó de valor para tocar el duro miembro, que no hacía más que rozarle el muslo, Salvio la detuvo con una mirada severa.

–No.

Molly no le preguntó por qué no quería que lo tocara. No se atrevió. Temía hacer algo que estropeara el momento o le dejase entrever la poca experiencia que tenía. Sin embargo, él parecía desearla tanto como ella a él, y rodaron sin el menor pudor de un lado al otro de la cama, besándose y acariciándose entre gemidos. Solo hubo una breve pausa cuando Salvio alargó el brazo para alcanzar uno de los preservativos.

–¿Quieres ponérmelo? –le preguntó provocativo–. Me tiemblan tanto las manos que no sé si puedo hacerlo yo.

Molly tragó saliva. ¿Debería decirle algo, como que hasta entonces solo había visto un preservativo en clase de educación sexual y que no le había puesto uno a ningún hombre? ¿No lo espantaría al decirle eso y saldría corriendo?

Al verla vacilar, Salvio le dijo, como si creyera saber qué la incomodaba:

–Molly… Sabes que me voy mañana a primera hora, ¿no?

–Sí, lo sé. No me importa.

–¿Estás segura?

–Muy segura. Yo… solo quiero pasar esta noche contigo –murmuró ella–. Eso es todo.

Salvio frunció el ceño mientras se colocaba el preservativo. ¿Aquello era real? Era demasiado perfecto como para ser verdad. Volvió a besarla, y le costó un horror obligarse a ir despacio cuando empezó a hundirse dentro de ella. Su pene era muy grande. Muchas mujeres se lo habían dicho, y en ese momento tenía una erección tan tremenda que le parecía aún más grande que de costumbre.

Sin embargo, el tamaño de su miembro no tuvo nada que ver con el modo en que reaccionó Molly. El modo en que se tensó y cómo contrajo el rostro de dolor le revelaron algo que lo dejó anonadado. Lleno de confusión, se quedó muy quieto. Con un esfuerzo sobrehumano se preparó para salir de ella, pero había algo nuevo y tremendamente excitante en la fuerza con que sus músculos internos se aferraron a él. De hecho, estuvo a un paso de dejarse ir.

Aspiró jadeante, luchando por recobrar el control y se concentró en no sucumbir al orgasmo y en no pensar en lo increíble que era que la joven ama de llaves fuese virgen… o que lo hubiese sido hasta hacía un momento.

Nunca le había costado tanto controlarse. Tal vez por lo deliciosa que era la sensación de estrechez de su vagina, o por el modo desinhibido en que estaba respondiendo a sus caricias. Era evidente que desconocía por completo las artes amatorias, pero a pesar de su ingenuidad parecía que tenía un talento natural. Nadie le había enseñado trucos ni movimientos. Las cosas que estaba haciendo no las había hecho antes con ningún otro hombre, y por alguna razón eso lo excitaba enormemente.

Se deleitó admirando cómo se retorcía impaciente cada vez que se hundía en ella, cómo se arqueaba para acercar sus pechos a sus labios, para que él pudiera lamer y mordisquearle los pezones. Cuando estaba próxima al clímax notó cómo se tensaba y la observó atentamente. Se le cerraron los párpados, y una sensación triunfal lo invadió al oír sus gemidos incrédulos de placer y ver el rubor que se extendía por sus senos. Solo cuando el orgasmo de Molly empezó a disiparse se abandonó a su propia necesidad, y la fuerza con que le sobrevino a él lo sobrecogió. Era como volver a hacerlo por primera vez, pensó maravillado. No, ni siquiera la primera vez había sido tan increíble, se corrigió. Y, exhausto, se quedó dormido.

Capítulo 4

CUANDO Salvio se despertó y miró la esfera fluorescente de su reloj de pulsera, vio que eran más de las seis. Esperó un momento a que sus ojos se acostumbraran a la penumbra. La noche anterior no había cerrado las cortinas, y a través del cristal de la ventana vio que fuera todavía estaba oscuro. Claro que en aquella parte del mundo amanecía más tarde, y más estando como estaban en invierno.

Miró a la joven que dormitaba junto a él, y aspiró profundamente mientras intentaba comprender qué había pasado. ¿Cómo podía siquiera intentar justificar que se hubiera acostado con ella cuando para sus adentros sabía que no había justificación posible? Pero ella también lo había deseado, se dijo, tanto como él.

Durante la noche habían vuelto a hacerlo; varias veces, de hecho. Había unas cuantas preguntas que habría querido hacerle, pero habían empezado a besarse de nuevo y una cosa había llevado a la otra. Esa segunda vez había sido increíble, y también la tercera. Era tan fácil de complacer, y se mostraba tan agradecida por el placer que le daba… Después del quinto orgasmo había temido que ella empezara a sacar temas espinosos, pero eso no había ocurrido. No le había preguntado si había cambiado de opinión con respecto a que volvieran a verse. Y era una suerte que no lo hubiera hecho, porque no había cambiado de opinión. No podía, se dijo entornando los ojos. Molly era demasiado dulce, demasiado ingenua. No aguantaría ni un minuto en su mundo, y su naturaleza cínica destruiría todo ese ingenuo entusiasmo suyo en un instante.

Se inclinó sobre ella y, resistiendo la tentación de deslizar la mano por debajo del edredón y ponerse a masajear uno de sus magníficos senos, la sacudió suavemente por el hombro.

–Molly –murmuró–, despierta, ya es de día.

Molly se sobresaltó al abrir los ojos y, antes de recordar lo que había ocurrido, se dio cuenta, por la lámpara de araña que colgaba del techo, de que estaba en el cuarto de invitados. En la penumbra sus cuentas de cristal brillaban levemente, como las estrellas que estaban desvaneciéndose ya fuera, en el firmamento. Se obligó a recordar que dentro de unas horas estaría limpiándola con un plumero, no tumbada debajo de ella, con el cálido cuerpo de un hombre desnudo a su lado.

Un escalofrío la recorrió cuando giró la cabeza para mirar a Salvio. El corazón le palpitó con pesadez al recordar lo que había hecho. Tragó saliva. ¿Qué no había hecho? Había dejado que la desvistiera y que explorara cada centímetro de su cuerpo con la lengua, con los dedos, y otras muchas cosas más. Cuando la había poseído había jadeado su nombre una y otra vez, presa de un apetito carnal que jamás se habría imaginado que tuviera. Era como si la hubiese tocado con una varita mágica y la hubiera convertido en alguien a quien no reconocía. Había pasado de ser la ingenua Molly Miller a una mujer sensual ávida de sexo.

Cerró los ojos un momento. No iba a arrepentirse ahora. No podía volver atrás en el tiempo, y aunque pudiera... tampoco querría hacerlo.

Bostezó, estirando los brazos por encima de la cabeza, y notó que le dolía todo el cuerpo. ¿Cuántas veces lo habían hecho?, se preguntó maravillada, recordando el insaciable apetito de Salvio, y con qué ansia le había respondido ella cada vez. Y entonces se obligó a hacerle la pregunta que no quería hacer:

–¿Qué hora es?

–Un poco más de las seis –respondió él. Se quedó callado un momento y sus ojos se oscurecieron–. Molly...

–¿No deberías irte ya? –lo cortó ella nerviosa, porque se imaginaba lo que le iba a decir.

Por el tono de advertencia con que había pronunciado su nombre sabía que había llegado el momento de la despedida. No hacía falta que se pusiera dramático. Tenía que irse, y ella lo comprendía. ¿Por qué habría de arruinarlo todo pidiéndole más de lo que él estaba dispuesto a dar? Esbozó una sonrisa forzada.

–Dijiste que querías irte temprano, ¿no?

Salvio frunció el ceño, como si no fuera esa la respuesta que había estado esperando. Pero es que solo había una manera de manejar una situación como aquella: comportándose con sensatez, como había hecho toda su vida. Tenía que afrontar los hechos, no hacer que se amoldaran a sus fantasías.

Sabía que no podía haber futuro alguno entre aquel magnate multimillonario y ella porque sus vidas eran demasiado distintas. La noche pasada se había difuminado la línea que los separaba, pero una noche de placer no podía cambiar lo esencial: que él era un invitado de sus señores y ella estaba tumbada en su cama, el último sitio donde debería estar.

–¿Seguro que estás bien? –le preguntó Silvio.

«La verdad es que no. ¡Ojalá pudieras llevarme contigo a donde sea que te marchas!». ¿De dónde había salido ese pensamiento rebelde? Por suerte, el lado práctico de su carácter era el dominante. Además, ¡como si Salvio de Gennaro fuera a querer llevarla con él!

–¿Por qué no iba a estar bien? –le preguntó despreocupadamente–. Lo de anoche fue estupendo. Bueno, al menos yo lo pienso –puntualizó, mirándolo vacilante. Y por primera vez su voz dejó traslucir un rastro de inseguridad.

–Fue mejor que estupendo –confirmó él, alargando la mano para acariciar sus labios–. De hecho, fue tan increíble que me encantaría volver a hacerlo.

Molly sintió de nuevo una punzada de deseo en el estómago, y que afloraba en su vientre una oleada de calor.

–Pero… –susurró cuando lo vio inclinarse hacia ella.

–¿Pero qué, *mia bedda*?

–Es que no… –Molly tragó saliva–. No hay tiempo.

–¿Quién lo dice? –murmuró él, deslizando una mano entre sus piernas.

Molly se preguntó dónde se había ido su sensatez, porque en cuanto empezó a acariciar con un dedo su sexo, cálido y húmedo, de pronto pareció abandonarla.

–Salvio... –gimió cuando este bajó la cabeza y comenzó a lamerle el pezón.

Él levantó la cabeza y, mirándola con ojos traviesos, le preguntó:

–¿Quieres que pare?

–Sabes que no... –jadeó ella.

–Entonces, ¿por qué no me enseñas qué es lo que quieres?

Tal vez fuera el saber que aquella sería la última vez lo que la hizo lanzarse y agarrar con la mano su miembro erecto.

–Esto –dijo con voz trémula–. Esto es lo que quiero.

–¿Y dónde lo quieres?

–Dentro de mí –le susurró atrevida.

–Entonces queremos lo mismo –ronroneó él, alcanzando un preservativo de lo alto de la mesilla.

Molly sabía que estaba toda sudada y pegajosa cuando se colocó sobre ella, y que tenía el pelo revuelto y no se había lavado los dientes, pero de repente nada de todo aquello parecía importarle, porque Salvio estaba tocándola como si fuera una especie de diosa.

Sus dedos la acariciaban con destreza, y se le erizó el vello cuando deslizó una mano por encima de su vientre. Luego, cuando le rodeó las caderas con las piernas y se abandonó al exquisito placer de tenerlo dentro de sí, y notó cómo empezaba a moverse, sintió como si estuviese planeando por el cielo.

Le encantaba cómo se movían al unísono, y esa sensación de estar a bordo de un cohete que ascendía rápidamente hacia el paraíso cuando un nuevo orgasmo la llevó al límite. Y le encantaba la expresión de Salvio cuando se entregaba al clímax, y cómo dejaba caer la cabeza sobre su hombro, exhausto. Su respiración se tornó acompasada al cabo de un rato y, temiendo que volviera a quedarse dormido y retrasara su partida, lo zarandeó.

–Salvio –le siseó–, no te duermas. Deberías irte ya. Antes de que los Avery se despierten.

–Y tú deberías volver a tu habitación –le dijo él, apartando el edredón–. Ahora, antes de que te vean.

Su respuesta fue como un jarro de agua fría, como si de pronto la realidad hubiera explotado su pequeña burbuja de felicidad. Sin embargo, logró mantener la sonrisa en sus labios mientras veía a Salvio poniéndose los pantalones antes de abrir la puerta sigilosamente para ir al cuarto de baño.

Cuando se hubo marchado, se bajó de la cama y recogió su ropa del suelo. Se puso el vestido, alisó la falda con las manos, e hizo una bola con las medias. Se arreglaría un poco cuando Salvio se hubiera ido, pensó, y alzó la vista cuando la puerta volvió a abrirse y él apareció con el pelo mojado de haberse dado una ducha rápida.

Se vistió en silencio, cerró su maleta y fue junto a ella con expresión seria. Por un momento permaneció callado, mirándola como si fuera la primera vez que la viera.

–¿Por qué? –le preguntó–. ¿Por qué yo?

Molly suspiró temblorosa. En cierto modo, había estado esperando esa pregunta. Salvio no se la había hecho la noche anterior, y había agradecido que no lo hiciera porque no había querido que algo tan mundano estropeara la noche más maravillosa de su vida. Y habría preferido que tampoco se la hubiese hecho en ese momento, pero tenía que contestarle, y sabía que debía hacerlo como si no fuera para tanto. Encogió un hombro. Hasta logró esbozar una sonrisa.

–Bueno, en este trabajo no conozco a muchos hombres –le dijo–. Y, desde luego, hasta ahora no había conocido a ninguno como tú. Eres… eres un hombre muy atractivo, Salvio. Seguro que te lo han dicho en más de una ocasión.

Él frunció el ceño, como si su sinceridad lo inquietase.

–Quiero que sepas que no te invité a venir a mi habitación porque tuviera planeado seducirte –le dijo lentamente–. No digo que la idea no se me hubiera pasado por la cabeza, pero no era mi intención.

Ella asintió.

–Lo sé. Solo querías ser amable. Y quizá por eso accedí a tomarme esa copa contigo.

Salvio se rio de un modo extraño.

–Es que desde el principio me causaste una profunda impresión –le dijo.

Molly no fue capaz de desentrañar la expresión de sus ojos, pero se dijo que tal vez fuera lo mejor. No quería que le dijera que no sabía por qué había hecho lo que había hecho. Prefería aferrarse al recuerdo de la noche pasada.

–Me alegro –murmuró. El corazón le palpitaba como un loco, y cada vez le costaba más mantener la compostura–. Pero se nos está echando el tiempo encima. Deberías irte ya.

Salvio asintió algo aturdido, como si fuese algo nuevo para él que una mujer lo echase del dormitorio que habían compartido. Sin embargo, finalmente se dio la vuelta y se dirigió a la puerta sin decir otra palabra, y Molly sintió una punzada en el pecho cuando salió, cerrando tras de sí sin hacer ruido.

Fue hasta la ventana y se quedó allí de pie hasta que lo vio salir de la casa. Él alzó la vista un instante y sus ojos se encontraron. Molly esperaba que sonriera, o se despidiera con un gesto de la mano, o algo, pero se dijo que era mejor que no lo hiciera porque… ¿y si lord o lady Avery estuvieran observándolo?

Guardó sus cosas en el maletero, se sentó al volante y Molly vio cómo el coche se alejaba por la carretera de la costa hasta que ya solo fue un punto en la distancia. Mientras el sol comenzaba a teñir las nubes de rojo, se preguntó si la vida de Salvio sería esa: una serie de «huidas», con otras mujeres siguiéndolo con mirada anhelante desde una ventana mientras se alejaba.

Con las mejillas encendidas quitó la ropa de la cama y la dejó amontonada sobre una silla. Luego iría a recogerla y limpiaría la habitación de arriba abajo, pero primero necesitaba darse una ducha. Tenía una larga lista de tareas para ese día, y las siguientes semanas estaría muy ocupada con los preparativos para las fiestas navideñas. Así al menos no tendría tiempo para ponerse melancólica, pensando en que no volvería a ver a Salvio nunca más. Porque así era el mundo de los adultos, se dijo con fiereza: la gente se divertía, pero nadie prometía nada ni esperaba nada del otro. Se acostaban y luego cada uno se iba por su lado.

Salió del cuarto de invitados, cerrando suavemente tras de sí, y avanzaba por el pasillo con el sigilo de un ladrón, cuando notó que alguien estaba observándola. Le dio un vuelco el corazón. Al final del pasillo, en la penumbra, se distinguía la figura de lady Avery.

Molly se detuvo, con el corazón martilleándole frenético contra las costillas, y los ojos de su señora se clavaron acusadores en ella.

–Vaya, vaya... Molly... –murmuró lady Avery, en un tono que no le había oído antes–. ¿Has dormido bien?

Molly se quedó callada, con un nudo en la garganta. ¿Qué podía decir? Tratar de inventarse una excusa solo empeoraría las cosas, y más cuando acababa de salir de la habitación de Salvio con las medias en la mano, hechas un gurruño. Iban a despedirla. Iba a quedarse sin trabajo y sin techo en la peor época posible del año. Tragó saliva.

–Lo siento mucho, lady Avery –fue lo único que acertó a decir.

La aristócrata sacudió la cabeza.

–¡No puedo creerlo! –exclamó–. ¿Cómo puede ser que un hombre como él se sintiera atraído por alguien como tú, cuando podría haber...?

No terminó la frase, y Molly no se atrevió a romper el incómodo silencio que siguió a sus palabras.

Era evidente que lady Avery no podía acabar esa frase sin perder su dignidad y quedar en ridículo. No podía admitir que había tenido esperanzas de acostarse con Salvio cuando era una mujer casada y su marido estaba en la casa.

A Molly le ardían las mejillas.

–Solo puedo reiterarle mis disculpas –murmuró con torpeza.

Lady Avery volvió a sacudir la cabeza.

–Ya basta. Vuelve a tus tareas –le ordenó con aspereza.

–¿A mis tareas? –repitió Molly vacilante.

–No se van a hacer las cosas solas. Esta noche vienen diez personas a cenar, por si te habías olvidado. Y como esta vez no estás encandilada con ninguno de los invitados, confío en que el asado no llegue a la mesa carbonizado –dijo lady Avery–. A menos que seas una *femme fatale* que vuelve locos a los hombres –añadió con una mirada burlona–. Aunque debo decir que es algo que no te pega nada. Y ahora vuelve al trabajo antes de que cambie de idea y te ponga de patitas en la calle.

–En… enseguida, lady Avery.

Incapaz de creer que no la hubiera despedido, Molly se pasó las siguientes semanas trabajando con más ahínco que nunca, esforzándose para compensar a su señora por el comportamiento tan poco profesional que había tenido. Incluso probó unas cuantas recetas nuevas, bastante complicadas, que por suerte salieron a la perfección y causaron admiración entre los huéspedes que desfilaron por allí esos días. Y aunque lady Avery le lanzaba pullas, sugiriendo maliciosamente a sus invitados, cuando sin querer se quedaba bajo uno de los ramilletes de muérdago, que parecía que estaba esperando a que alguien la besara, logró ser lo suficientemente madura como para no responder. Quizá el enfado de su señora estaba justificado, se dijo. Quizá ella habría reaccionado igual si se hubieran invertido los papeles.

Y daba igual lo ocupada que estuviese; por más trabajo que tuviera, no conseguía evitar que sus pensamientos acabasen derivando hacia Salvio. Era lo último que necesitaba. Aquello no había significado nada, al menos para él. Se había marchado sin volver la vista atrás, y ella le había asegurado que ella tampoco tendría ningún problema en pasar página. Tenía que dejar de pensar en él, de anhelar volver a verlo, de desear algo que era imposible.

Solo faltaban cuatro días para Navidad cuando un bombazo cayó sobre Molly. Iba a ir al pueblo cuando se encontró en el vestíbulo con lady Avery, que iba envuelta en un abrigo de pieles. Su expresión era gélida. Tan gélida como el viento invernal que aullaba fuera de la enorme casa, arrastrando consigo los primeros copos de nieve.

–No te molestes, Molly. No hace falta que vayas a comprar –le dijo sin preámbulos.

Molly parpadeó. Había hecho el pudin, la tarta y los pasteles de fruta, pero aún tenía que comprar el pavo y las verduras.

–¿Prefiere que haga otra cosa antes?

–Exacto: quiero que subas y hagas las maletas.

Molly se quedó mirándola aturdida.

–¿Las maletas? –repitió como una tonta–. No comprendo.

–Pues es bien sencillo. No creo que necesites que te lo deletree. Ya no necesitamos de tus servicios.

–Pero…

–¿Pero qué, Molly? –le espetó lady Avery, dando un paso hacia ella. En sus ojos Molly vio toda la ira que había estado acumulándose en su interior desde la partida de Salvio–. Confío en que no tengas la desfachatez de preguntarme por qué no te lo he notificado con más tiempo. No cuando te has comportado de un modo tan desvergonzado. Porque yo diría que acostarte con los invitados no era parte de tu trabajo. ¿O no?

–¡Pero es que solo faltan unos días para Navidad! –exclamó Molly, incapaz de contenerse–. Y no tengo… no tengo a dónde ir.

Lady Avery soltó una risa desagradable.

–¿Y por qué no acudes a Salvio? ¿Por qué no le pides que te deje quedarte con él durante las fiestas? Porque sabes que no lo hará. Ya se habrá buscado a otra con la que entretenerse.

–Pero… ¿por qué?, ¿por qué ha esperado hasta ahora? –le preguntó Molly con un hilo de voz–. ¿Por qué no me despidió de inmediato?

–¿Con todos los compromisos que teníamos y la Navidad a las puertas? –le espetó lady Avery, mirándola con incredulidad–. No iba a prescindir de tus servicios y quedarme sin ama de llaves en una época tan ajetreada del año –se quedó callada un momento–. Te hemos ingresado en tu cuenta la paga de todo el mes, y estamos siendo más generosos contigo de lo que te mereces. Philip y yo hemos decidido que nos vamos mañana de viaje a las Barbados y hoy pasaremos todo el día fuera. Espero que ya no estés aquí cuando regresemos.

–Pero… ¿dónde dormiré esta noche?

–¿Acaso crees que me importa? Hay un Bed&Breakfast en el pueblo que no es muy caro. Puedes ir allí, si es que tienen habitaciones libres. Aunque en estas fechas lo dudo mucho –los labios de lady Avery se curvaron en una sonrisa cruel.

Molly no se podía creer que aquello estuviera pasando. Se le encogió el corazón al darse cuenta de que su viejo amigo, el miedo, había vuelto a entrar en su vida sin avisar, y que de repente volvía a estar en apuros. Solo que esa vez no podía echarle la culpa a su hermano, ni a un giro desafortunado del destino, como la enfermedad de su madre. Aquella vez la culpa era suya; solo suya.

Se mordió el labio inferior preguntándose, desesperada, dónde podría ir. No tenía ningún pariente, ni ningún amigo con quien pudiera quedarse unos días. Las palabras de lady Avery volvieron en tromba a su mente. ¿Cómo reaccionaría Salvio si lo llamara y le dijera que la habían despedido por su noche de locura? ¿Haría lo correcto y le ofrecería quedarse unos días con él?

Aunque era reacia a pedir ayuda a un hombre que le había dejado bien claro que no quería comprometerse, se temía que tal vez no tuviera más remedio que hacerlo porque tenía la sensación de que un segundo bombazo estaba a punto de estallar.

Diciéndose que el que aún no le hubiera bajado la regla debía de ser cosa del estrés, apartó aquellos pensamientos y recordó la tarjeta que Salvio le había dado con el teléfono de su secretaria. Le había dicho que conocía a mucha gente y que podría ayudarla a encontrar un trabajo mejor como empleada de hogar. Molly se pasó la lengua por los labios. ¿Qué otra opción le quedaba? ¿Cómo, si no, podría encontrar otro empleo en esa época del año?

Se apresuró a guardar sus cosas en su vieja maleta, intentando no llorar, aunque a cada instante se le saltaban las lágrimas. Solo cuando ya tenía puesto el abrigo y la bufanda marcó el número que le había dado Salvio con un dedo tembloroso.

Su secretaria se llamaba Gina, y no solo era muy agradable, sino que, cuando Molly le dijo quién era y por qué la estaba llamando, pareció profundamente aliviada.

–No me lo puedo creer –murmuró–. Eres la respuesta a mis plegarias, Molly Miller.

–¿Yo? –inquirió Molly confundida.

–Sí, tú. Dime, ¿ahora mismo estás libre?

–Pues sí –contestó ella vacilante–. ¿Por qué?

–Porque mañana Salvio va a celebrar una fiesta en su casa de los Cotswolds, como todos los años, justo antes de irse a Nápoles por Navidad, y el ama de llaves que habíamos contratado ha llamado para decir que su madre se ha caído por las escaleras y se ha roto la muñeca y tiene que cuidar de ella. Sé que es algo precipitado, pero si pudieras ocupar su lugar te prometo que se te pagará mejor que bien.

Molly tragó saliva.

–Sí que es mala suerte... Lo de la madre de esa persona, quiero decir, pero no creo que...

Sin embargo, Gina no estaba escuchándola.

–Salvio ha debido de llevarse una muy buena impresión de tu trabajo para que te haya dado mi número –le dijo–. En serio, llegas como caída del cielo. Ni siquiera tendré que contarle lo de ese imprevisto. No le gusta que le molesten con nimiedades; y como siempre está tan ocupado...

Molly se mordió el labio inferior. Aquello iba camino de convertirse en una pesadilla, ¿pero qué otra cosa podía hacer? No podía rechazar aquella oportunidad solo porque se había acostado con el hombre que iba a contratarla. Bueno, según Gina, ni siquiera tendría que enterarse. Se centraría en sus tareas, y con un poco de suerte él estaría tan pendiente de sus invitados que ni se daría cuenta de que ella estaba allí. Y, si en algún momento se topaba con él, le explicaría lo ocurrido y le haría ver que no era para tanto. ¿Qué podría salir mal?

Sin embargo, el temor que llevaba días rondándola era cada vez más palpable, y ya no podía achacarlo al estrés. Porque dudaba que el estrés pudiera hacer que le doliesen los pechos y se los notase como hinchados. Y que pudiera explicar las ganas de llorar que le entraban en algún momento sin motivo aparente. Al mirar su pálido reflejo en el espejo del vestíbulo vio el terror escrito en sus ojos. ¿Y si estaba embarazada?

Capítulo 5

LA VISIBILIDAD era pésima. Salvio apretó el volante y entornó los ojos, pero lo único que podía ver a través del cristal era una fina nube blanca de copos de nieve agitada por el viento. A cada pocos segundos los limpiaparabrisas apartaban la capa que había empezado a asentarse, pero al poco rato el cristal volvía a estar cubierto.

Lleno de frustración miró su reloj y maldijo entre dientes. El trayecto desde el centro de Londres hasta la campiña de los Cotswolds había sido un tormento por lo lento que iba el tráfico. Si hubiera podido, habría cancelado la fiesta de Navidad, pero no podía hacerlo cuando faltaba tan poco tiempo, por más que tuviera la cabeza en otra parte. La cuestión era que no podía dejar de pensar en la voluptuosa ama de llaves de los Avery. Sobre todo no podía dejar de pensar en su pureza, en su inocencia. La inocencia que él le había arrebatado.

¿Se habría acostado con ella si hubiera sabido que era virgen? Por supuesto que no. El caso era que aquel episodio había sido algo completamente impropio de él, y no acababa de comprender cómo podía haber sucumbido al deseo que la joven había despertado en él. Normalmente, las mujeres que se llevaba a la cama eran de su mismo estatus social.

Pensó en Beatriz, la belleza brasileña con la que había estado flirteando a larga distancia durante varios meses. Se había sentido atraído por ella por lo mucho que se había hecho de rogar, y se había convencido de que una mujer que no se lanzase sin pensarlo a sus brazos era justo lo que necesitaba.

Sin embargo, a medida que ella se había ido mostrando menos esquiva, su interés en ella había ido desvaneciéndose. De hecho, aunque Beatriz le había dejado muy claro que estaría encantada de compartir su cama después de la fiesta de Navidad, la sola idea lo había dejado indiferente. Había estado preguntándose cómo podría rehusar con tacto esa proposición, pero la noche anterior ella lo había llamado para decirle que su vuelo se había retrasado y que no podría llegar a tiempo para su fiesta. El profundo alivio que había sentido lo había sorprendido.

–No importa, no te preocupes –se había apresurado a responderle.

Ella se había quedado callada.

–Aunque espero que podamos vernos pronto –había añadido.

–A mí también me gustaría, pero voy a pasar las Navidades en Nápoles y no estoy seguro de en qué fecha volveré –le había respondido él. Un modo muy discreto de darle largas–. Ya te llamaré.

Por el gemido ahogado de indignación al otro lado de la línea, Salvio comprendió que había captado el mensaje, y Beatriz se había despedido de un modo brusco y frío.

De inmediato, sus pensamientos habían vuelto a Molly. Había un millón de razones por las que no debería pensar en ella, pero le estaba resultando muy difícil. ¿Sería porque no había esperado nada de él tras aquella noche de pasión? Eso lo tenía intrigado. Le había hecho preguntarse cómo sería volver a verla en unas circunstancias más normales. Pero eso sería darle falsas esperanzas. No. Estaba haciéndole un favor al mantenerse lejos de ella. Eso era lo que tenía que recordarse cuando pensara en ella. Siempre acababa rompiéndoles el corazón a las mujeres que pasaban por su vida, y de ninguna manera querría hacerle daño a la ingenua y apasionada Molly.

Nunca había visto una casa tan hermosa como aquella, pensó Molly, con la nariz pegada a la ventanilla helada del taxi, admirando la enorme mansión, rodeada por vastos jardines.

Sus emociones eran un auténtico torbellino mientras el taxi subía por el sendero de grava. Aunque su antiguo empleo en casa de los Avery había dejado mucho que desear, había estado viviendo allí dos años y le había dado una cierta seguridad. Además, había pasado tanta vergüenza cuando lady Avery la había despedido... De pronto se sentía como una hoja arrastrada por el viento que no sabía dónde acabaría.

Pero lo peor era que se habían confirmado sus temores: el periodo no se le había retrasado porque hubiera estado estresada. No, el verdadero motivo había quedado más que claro cuando se había hecho no una, sino dos pruebas de embarazo en el baño de la pequeña pensión en la que se había alojado la noche pasada.

Con creciente espanto e incredulidad se había quedado acuclillada en el suelo, mirando la línea azul que había aparecido en el aparato y que no daba pie a error alguno. Temblorosa, había tenido que admitir que sí, estaba embarazada de Salvio, y se había preguntado qué diablos iba a hacer.

El problema era que en ese momento no tenía tiempo para pensar. Lo que tenía que hacer era concentrarse en el trabajo que le habían encomendado para hacerlo lo mejor posible. Tendría que decírselo antes o después, sí, pero desde luego no podía hacerlo en ese momento, cuando iba a celebrar una fiesta a la que había invitado a mucha gente importante.

Pagó al conductor y se bajó del taxi. No había más marcas de neumáticos en la nieve, y el único signo de vida era un pequeño petirrojo que avanzaba a saltitos cerca de un seto mientras ella se dirigía a la puerta de entrada, una antigua puerta de roble que parecía salida de un cuento de hadas.

Llamó al timbre, por si acaso, pero como no hubo respuesta abrió con las llaves que le había dado la secretaria de Salvio, junto con un grueso sobre lleno de billetes para los gastos que tuviera que hacer.

Dentro reinaba el silencio salvo por el tictac de un reloj de pared que resonaba en el espacioso vestíbulo. El interior era aún más hermoso de lo que había esperado al ver la casa por fuera. Estaba decorado con elegancia y buen gusto, como las paredes recubiertas de madera con relieves de estilo renacentista de unicornios y bellotas.

Tras echar una rápida ojeada por la vivienda se encontró con que los armarios de la cocina y el frigorífico estaban bien provistos, que las camas estaban vestidas con ropa limpia y que había troncos dispuestos en todas las chimeneas. Lo primero que hizo fue encenderlas. Luego se lavó las manos y repasó la lista de tareas que le había dado Gina. A menos que algunos no pudieran acudir por el mal tiempo, estaba previsto que llegaran veinticinco invitados sobre las siete.

Una empresa local de catering serviría una cena-bufé caliente alrededor de las nueve, y varios camareros se ocuparían de las bebidas. Lo único que ella tenía que hacer era supervisarlo todo y asegurarse de que todo saliera a pedir de boca. No parecía tan difícil. Al llegar al final de la lista vio que Gina había escrito:

¡Y no te olvides de adornar el árbol de Navidad, por favor!

Molly había visto el árbol nada más entrar en el salón: un abeto enorme cuya punta casi tocaba el techo. Al lado halló varias cajas de cartón apiladas. Al abrir una descubrió que contenía bolas de brillantes colores, y se encontró recordando las Navidades de su infancia. Compraban un abeto pequeñito y Robbie y ella lo decoraban con los adornos artesanales que había tricotado su madre antes de que la cruel enfermedad le impidiera hasta hacer eso.

Había sido muy duro para los dos verla marchitarse poco a poco, pero sobre todo para su hermano pequeño, que se había resistido a aceptar que su querida madre fuera a morir. Y ella no había podido hacer nada para evitarlo. Había sido su primera lección en lo que era sentirse completamente impotente.

Le temblaban los dedos al empezar a colocar los cables de las luces del árbol. Cuando colgó la primera bola, esta giró suavemente, mientras la luz que entraba por las ventanas emplomadas arrancaba de ella destellos de colores. Y entonces, de repente, oyó que la puerta de la entrada se abría y se cerraba, escuchó pasos, y cuando giró la cabeza se encontró con Salvio detrás de ella.

El corazón se le encogió y empezó a palpitarle con fuerza. Llevaba un abrigo oscuro de cachemira sobre unos vaqueros gastados, y algunos copos de nieve salpicaban su cabello negro.

–Tú… –murmuró, mirándola con los ojos entornados–. ¿Qué diablos estás haciendo aquí?

Una suspicacia palpable había endurecido sus facciones. Desde luego no parecía que estuviera loco de contento por volver a verla, como a ella le habría gustado. Gracias a todos los años que llevaba sirviendo había aprendido a ocultar sus emociones, y fue capaz de mantener la compostura y mostrarse calmada. Lo único que delataba lo agitada que estaba por dentro era el rubor que había teñido sus mejillas, y no pudo evitar pensar en lo poco atractiva que debía de estar allí acuclillada, con un delantal sobre el uniforme, y varios mechones sueltos, aunque se había recogido el pelo en una coleta.

–Estoy adornando el árbol de Navidad y…

–Eso ya lo veo –la interrumpió él con impaciencia–. Lo que quiero saber es por qué. ¿Qué haces aquí?

Molly se puso de pie, muy tensa. ¿Qué se creía, que estaba acosándolo? Debía de estar pensando que era como esas taradas de las que hablaban de cuando en cuando en las revistas de cotilleos, que perseguían al hombre que había roto con ellas. Mujeres que habían conocido a un tipo rico y eran reacias a dejarlo ir y a renunciar al estilo de vida al que se habían acostumbrado a su lado.

–Me diste el teléfono de tu secretaria, ¿recuerdas? –contestó–. Y me dijiste que la llamara si necesitaba trabajo.

–Pero si ya tienes un trabajo –apuntó él–. Trabajas para los Avery.

Molly sacudió la cabeza y deseó no tener que explicarse. Era de lo más humillante tener que confesarle que la habían despedido.

–Trabajaba –puntualizó. Y al ver que él enarcaba una ceja, añadió–: Lady Avery me pilló saliendo de tu habitación después de que te marcharas.

Salvio entornó los ojos.

–¿Y te ha despedido por eso?

Molly se sonrojó aún más.

–Me temo que sí.

Salvio masculló entre dientes algunos improperios que había aprendido en los callejones de Nápoles durante su dura infancia. Eran palabras que no había pronunciado desde hacía mucho tiempo, pero que le salieron solas en ese momento por los remordimientos que lo asaltaron. Era culpa suya. No debería haberla invitado a tomarse esa copa en su habitación. Había intentado justificar sus acciones diciéndose que lo que lo había movido había sido la compasión y no el deseo, pero tal vez había estado engañándose a sí mismo.

Escrutó a Molly con los ojos entornados. A pesar de que hasta esa noche había sido virgen, ¿podría ser que se hubiese dado cuenta del poder que ejercía sobre él? Tal vez había salido del cuarto de invitados pavoneándose, con esa expresión soñadora de satisfacción sexual que hacía a una mujer más hermosa que la ropa más cara. Y podría ser que eso hubiera provocado a Sarah Avery, cuyos intentos de flirteo él había rechazado de pleno.

De pronto lo asaltó una sensación de *déjà vu* y recordó el comportamiento de algunas mujeres a las que había conocido, a las que se les habían iluminado los ojos al enterarse del valor por el que su equipo de fútbol lo había fichado. Y aunque ya no era uno de los deportistas mejor pagados de Italia, ahora ganaba aún más dinero. ¿Sería esa la razón por la que Molly estaba allí? ¿Pensaría exigirle una compensación económica porque la habían despedido por su culpa?

–¿Y por qué te ha ofrecido Gina este trabajo exactamente? –le preguntó.

Molly se mordió el labio inferior.

–La mujer a la que había contratado le dijo que no iba a poder hacerlo porque su madre había tenido un accidente y tenía que cuidarla. Pero no le dije a Gina que tú y yo… Si es eso lo que te preocupa. Simplemente necesitaba a alguien con urgencia y resultó que la había llamado en el momento adecuado.

Un torbellino de pensamientos cruzó por la mente de Salvio. No podía dejar de pensar en la increíble noche que habían compartido, pero no podía negar que había sido una gran insensatez. ¿Acaso Molly creía que iba a volver a pasar?, se preguntó. ¿Esperaba recuperar su sitio en su cama?

La miró de arriba abajo, incapaz de contener el fiero apetito que se despertó en él, pero irritado consigo mismo. Aquella noche había sido un error. Un error que no iba a volver a cometer.

Sacudió la cabeza y fue hasta la ventana. Había pensado que solo tendría que soportar con paciencia la fiesta de esa noche antes de volar a Nápoles para pasar las Navidades con su familia, pero de pronto la situación había cambiado, se dijo, volviéndose lentamente. Y todo por la mujer que estaba allí de pie, junto al árbol, roja como una amapola y mordiéndose el labio inferior.

–¿Y cuánto tiempo se supone que vas a trabajar aquí? –le preguntó.

–Solo esta noche. Bueno, y mañana. Tengo que supervisar la limpieza después de la fiesta.

–¿Y después qué harás?

–Aún no lo sé. Tendré que buscarme otra cosa.

–Que incluya alojamiento, me imagino.

Ella se encogió de hombros, con fingida indiferencia, y lo miró de un modo casi desafiante.

–Pues sí. Todos los trabajos que he aceptado hasta ahora incluían alojamiento.

Salvio entornó los ojos.

–¿Y crees que te será fácil encontrar un puesto que incluya alojamiento en esta época del año?

Molly ya no fue capaz de fingirse indiferente cuando le preguntó eso, y por primera vez él atisbó una cierta vulnerabilidad en su expresión.

–No, me imagino que no.

Salvio sintió una nueva punzada de remordimiento. No podía abandonarla a su suerte. Por su culpa había perdido su trabajo, así que debería asumir parte de la responsabilidad y ayudarla.

–Está bien. Mañana hablaré con Gina. Veremos si podemos encontrarte algo que pueda ser permanente –le dijo. Al ver que a Molly se le iluminaba la cara, temió haberle dado falsas esperanzas–. Pero no trabajando para mí, por supuesto –se apresuró a añadir–. Eso no va a pasar. La noche que pasamos juntos fue increíble, pero después de eso no puedo tenerte como empleada.

Molly dio un respingo. Hasta entonces había considerado a Salvio un hombre amable, y había pensado que su comportamiento para con ella había sido muy atento, pero ahora veía que de amable no tenía nada. Acababa de dejarle bien claro que no podría trabajar para él después de que se hubieran acostado. Parecía que podía ser tan cruel como lady Avery, y se le cayó el alma a los pies al intentar imaginarse cómo reaccionaría cuando le dijera que estaba embarazada.

–¿Entiendes lo que te estoy diciendo, Molly? –continuó Salvio, sin el menor remordimiento.

–Pues claro que lo entiendo –contestó ella–. De todos modos no esperaba que me ofrecieras un trabajo. A lo mejor mientras esté aquí debería llamarte «*signor* De Gennaro» –añadió con sarcasmo–. No te preocupes, no te molestaré. Ni siquiera notarás mi presencia.

Por la expresión de Salvio era evidente que eso le resultaba difícil de creer y, a pesar de su ingenuidad, Molly comprendía el porqué. Sería casi imposible que se mostraran indiferentes hacia el otro cuando flotaba en el ambiente la potente química que existía entre ellos, esa atracción que la había hecho caer en desgracia con los Avery.

Además, no podía negar que se moría por que volviera a tocarla, por que trazara con el índice sus labios temblorosos antes de besarla hasta que se rindiera a sus deseos… Pero aquello sería una locura.

–Tengo que darme una ducha y cambiarme para la fiesta –dijo Salvio en un tono brusco–. Prosigue con tu trabajo.

Capítulo 6

OJALÁ Salvio dejara de mirarla, pensó Molly, estremeciéndose mientras recogía una copa de vino vacía y la ponía en la bandeja que llevaba. «¡Qué mentirosa eres! Admítelo: te gusta que te mire». Sí, le gustaba, aunque su expresión fuera feroz, como en ese momento, como si se odiase por estar mirándola. ¿Y cuánto más furioso se pondría cuando se enterase de que estaba embarazada?, se preguntó.

La larga velada estaba tocando a su fin, y solo quedaban unos pocos invitados. A pesar de las previsiones había dejado de nevar, lo que había permitido que poco a poco los achispados invitados regresaran a Londres en sus caros coches conducidos por chóferes. Habían bebido champán, disfrutado la deliciosa comida del bufé, y todo había ido como la seda para alivio de Molly.

Y ahora Salvio estaba en el rincón más alejado del salón, de pie, hablando con un hombre vestido de negro –había oído decir que era un jeque–, aunque cada vez que ella alzaba la vista se encontraba con que seguía mirándola.

Corrió a refugiarse en la cocina, donde al menos estaría a salvo de su mirada, y de la creciente preocupación de cómo iba a darle la noticia de su embarazo. Al menos podría olvidarse de sus problemas, aunque solo fuera por un rato, mientras ayudaba al personal contratado para la fiesta a secar los platos, guardar los cubiertos y demás tareas.

Pero, cuando ya pasaba de la medianoche y todos los empleados del catering se habían marchado, Salvio y el jeque habían pasado a la biblioteca, y se habían sentado junto a la chimenea para continuar charlando.

Ella volvió a la cocina, y estaba secando unas copas cuando oyó un ruido ensordecedor fuera. Al asomarse a la ventana vio un helicóptero posándose sobre el césped cubierto de nieve. Luego vio al jeque, ahora envuelto en un abrigo oscuro, que iba hacia el aparato acompañado de otro hombre. Agacharon la cabeza para evitar las hélices, se subieron al helicóptero, y poco después este se elevaba. Eso significaba que se había quedado a solas en la casa con Salvio, pensó, y notó que le temblaban las manos. Había llegado el momento de hablar con él.

Se quitó el delantal húmedo y se alisó el uniforme con las manos. Salvio seguía en la biblioteca, sentado junto a la chimenea. Cuando entró, parecía sumido en sus pensamientos, con la vista fija en las llamas. Se quedó un instante admirando su apuesto perfil. Nunca le había parecido tan atractivo, ni tan distante como en ese momento.

Se aclaró la garganta.

–Perdón.

Salvio giró la cabeza y entornó los ojos.

–¿Sí? ¿Qué ocurre? –inquirió en un tono abrupto.

–No pretendía molestarte, pero quería saber si necesitas que haga algo más.

A Salvio el corazón le palpitó con fuerza. Si esa pregunta se la hubiera hecho cualquier otra de las mujeres que habían pasado por su cama, habría pensado que se le estaba insinuando. Pero Molly no había pronunciado esas palabras de un modo insinuante ni provocativo, ni había una muda invitación en sus grandes ojos grises. Solo parecía ansiosa por agradar, cosa que no hacía sino resaltar las diferencias de estatus que había entre ellos, y volvió a increparse para sus adentros por haberse dejado llevar por el deseo aquella primera noche y haberse acostado con ella.

Había pasado buena parte de la velada observándola, a pesar de que se había propuesto ignorar su presencia, y se había encontrado recordando lo apasionada que se había mostrado en la cama, con las mejillas encendidas por la excitación. Pero en ese momento estaba pálida como un fantasma.

–No, creo que no –respondió lentamente, obligándose a tratarla como trataría a cualquier empleado–. Has hecho un gran trabajo esta noche; la fiesta ha sido un éxito. Hasta el jeque de Razrastan se ha quedado más de lo previsto. Gracias.

–No hay de qué –murmuró ella.

–Me aseguraré de que se te pague un generoso extra.

–No es necesario –le dijo ella en un tono algo tirante.

–Creo que es a mí a quien le corresponde juzgar si lo es o no –replicó Salvio con una sonrisa benévola–. Y no he olvidado la promesa que te hice de encontrarte otro trabajo. Le pediré a Gina mañana mismo que se encargue –añadió. Su intención era despacharla con esas palabras, pero Molly no se movió. Salvio vio que tenía el ceño ligeramente fruncido, y se sintió obligado a hacerle la pregunta que por lo general rehuía como la peste–: ¿Va todo bien?

Los dedos de Molly retorcieron en un gesto nervioso la tela de su uniforme, y la notó vacilar antes de responder:

–Cla… claro.

–No pareces muy segura.

–Es que… no pensaba decírtelo hasta mañana –murmuró ella, apretando tanto los puños que los nudillos se le pusieron blancos.

Salvio se irguió en su asiento y se puso tenso de inmediato.

–¿Decirme qué? –inquirió, con la mosca detrás de la oreja.

Molly se pasó la lengua por los labios. Había pensado que después de unas horas de sueño y a la luz del día le habría sido un poco más fácil decirle lo de su embarazo, pero ahora se daba cuenta de que estaba equivocada. Le costaría dormir bajo el mismo techo que Salvio, y más sabiendo que ya no quería nada con ella. Pero, además, era como si las palabras pugnaran por salir de su garganta. Necesitaba contárselo.

–Estoy embarazada –le soltó sin más preámbulos.

Hubo un momento de silencio, un extraño e intenso silencio. Era como si cada ruido de la estancia se hubiese amplificado a un nivel casi ensordecedor: el crepitar del fuego, los latidos de su corazón, el gemido ahogado que escapó de su garganta cuando

Salvio se levantó de repente... Su figura alta e intimidante bloqueó la luz de las llamas y pareció sumir la biblioteca en la penumbra.

Las facciones de Salvio se endurecieron.

–No puede ser –replicó en un tono inexpresivo–. O al menos si lo que pretendes sugerir es que el hijo es mío.

Molly sintió una punzada en el pecho. ¿De verdad creía que después de haber perdido la virginidad con él había salido corriendo en busca de otros hombres con los que acostarse? ¿O solo estaba intentando rehuir su responsabilidad?

–Sabes que lo es –le dijo, con una mirada de reproche.

–Usamos preservativo cada vez que lo hicimos –masculló él–. Y lo sabes.

Molly sintió que se le subían los colores a la cara.

–A lo mejor es que no tuviste el suficiente...

–¿Cuidado? –la cortó él con una risa sarcástica–. Eso por descontado. Aunque yo más bien diría que fui un insensato, acostándome con...

–No –se apresuró a interrumpirle ella.

Salvio enarcó las cejas, imperioso, como si no pudiera creerse que estuviera diciéndole lo que podía o no podía decir.

–¿Cómo?

–Por favor, no hagas eso –le pidió ella en un murmullo–. No empeoremos más la situación diciendo cosas que solo harán daño al otro.

Él entornó los ojos, pero asintió, como reconociendo que tenía razón.

–¿Estás segura de que estás embarazada? –le preguntó–. ¿O solo crees que puedas estarlo porque no te ha venido la regla?

Molly sacudió la cabeza.

–Estoy segura. Compré una prueba de embarazo.

Salvio se quedó callado de nuevo.

–Comprendo.

Molly tenía la boca seca y el corazón desbocado.

–Antes de nada, quiero que te quede claro que si te lo estoy diciendo es porque me pareció que debía hacerlo.

–¿No porque quieras un pedazo de mi fortuna?

Molly se quedó mirándolo dolida.

–¿De verdad crees que se trata de eso?

Los labios de él se curvaron en una sonrisa cínica.

–¿Acaso sería una conclusión tan descabellada? Soy un hombre rico y tú una mujer de clase humilde.

Repugnada, Molly dio un paso atrás, pero él la agarró por el brazo y la atrajo hacia sí. Su corazón palpitó con fuerza, y al sentir el aliento de Salvio sobre sus labios, rogó a Dios que le diera fuerzas para resistirse a la atracción que ejercía sobre ella.

–¿Qué crees que estás haciendo? –lo increpó.

–Lo único que podría hacerme sentir bien ahora mismo –masculló él, antes de tomar sus labios.

No debería dejar que la besara, pensó Molly. Sobre todo después de cómo acababa de insultarla, pintándola como si fuera una especie de cazafortunas. Pero el problema era que sí quería que la besara, y al cabo se encontró cerrando los ojos y dejó que Salvio devorara su boca hasta que sintió que le faltaba el aliento y tuvo que despegar sus labios de los de él para poder aspirar una bocanada de aire.

–Salvio... –susurró.

–No digas nada –la interrumpió él, sacudiendo la cabeza antes de tomarla en volandas.

Cuando Salvio empezó a subir las escaleras con ella en brazos, Molly se sintió como si estuviese viviendo un sueño en el que él era Rhett Butler y ella Scarlett O'Hara.

«Detenlo. Dile que te deje en el suelo», se increpó, pero no se sentía capaz de hacerlo. Un cosquilleo de expectación la recorrió cuando Salvio abrió de un puntapié la puerta del dormitorio principal y cruzó la habitación para depositarla en la enorme cama.

Mientras le quitaba el vestido, los zapatos y la ropa interior, antes de empezar a desvestirse él también con impaciencia, Molly se preguntó si no habría alguna especie de necesidad profunda, más allá del placer del sexo, por la que sentía que necesitaba conectar físicamente con el hombre cuya semilla estaba creciendo en su interior. O tal vez no era más que una excusa que estaba dándose a sí misma para lo que estaba a punto de pasar.

–Salvio... –jadeó cuando él empezó a dibujar círculos con el dedo en torno a su pezón endurecido–. ¡Ah!

–Shh...

Fue más una orden que un ruego, pero Molly obedeció, temiendo que las palabras pudieran romper el hechizo, dejando que la realidad se entrometiese y destruyese las sensaciones que estaban apoderándose de ella.

Salvio recorrió su cuerpo desnudo con los ojos

entornados, como si estuviese tratando de memorizar cada centímetro de su piel. La besó en el cuello, y Molly cerró los ojos, dejándose llevar. Inspirada por la mano que estaba bajando desde su pecho hasta el muslo, ella deslizó las yemas de los dedos por el duro estómago de Salvio. El gruñido de placer que escapó de los labios de él la llenó de orgullo. ¿Quién hubiera pensado que ella, la inexperta Molly Miller, podría hacer reaccionar así a un hombre como Salvio? Con el valor que le había dado que respondiera de ese modo a sus caricias, dejó que su mano siguiera bajando hacia el muslo, y notó que se le ponía la carne de gallina. Sin embargo, no pudo continuar porque de repente Salvio se colocó sobre ella y la besó con un ansia feroz, enroscando su lengua con la de ella. Molly gimió y se revolvió debajo de él. Salvio dejó escapar una risa burlona.

–Vaya... Parece que nuestra joven virgen está impaciente –murmuró–. ¡Qué rápido ha aprendido qué es lo que quiere!

Sus palabras sonaron más como un insulto que como una observación, pero cuando empezó a acariciar su sexo, húmedo y caliente, Molly se retorció de placer. Cuando aquella deliciosa sensación fue en aumento, se dio cuenta de lo que iba a pasar: iba a llevarla hasta el orgasmo... con su dedo.

–Salvio... –murmuró con incredulidad, pero justo cuando creía que ya no podía aguantar más él la penetró.

Molly se quedó sin aliento al notar cómo se hundía por completo en ella, y él emitió un intenso gemido. Molly gimió también, sintiendo como si dentro de ella estallaran fuegos artificiales. Se aferró a él y notó cómo se tensaba un instante antes de empujar las caderas para alcanzar él también el clímax.

Permaneció dentro de ella durante un buen rato, y Molly se deleitó en esa sensación de estar unidos el uno al otro, porque era tan íntima como el propio acto sexual. O quizá más, pensó, porque ya ninguno de los dos estaba buscando obtener esa satisfacción que a ella la había dejado a la vez una sensación de vacío y de placer.

Cuando finalmente Salvio se apartó y rodó sobre el costado, Molly se esforzó por ocultar su decepción. Él echó el edredón sobre ambos, como si la visión de su cuerpo desnudo lo ofendiera. Molly se pasó la lengua por los labios y esperó a que él dijera algo. La actitud que adoptara ante su inesperado embarazo era de vital importancia si querían mantener una relación amistosa en el futuro. Aunque no era que esperara demasiado de él; ya no.

–¿Y ahora qué? –le preguntó Salvio.

Molly se quedó callada un momento y apretó los labios.

–Pienso tener este bebé, digas lo que digas.

–¿Crees que no quiero que lo tengas? –la increpó él con fiereza.

–Es que… no estaba segura de si lo querrías.

¿Podía ser que fuera tan ingenua como parecía?, se preguntó Salvio. En la acepción sexual de la palabra podía dar fe de que hasta hacía poco sí lo había sido, pero le parecía imposible que supiera tan poco del mundo como para no darse cuenta de que acababa de conseguir lo que tantas mujeres ansiaban:

quedarse embarazada de un multimillonario para vivir a su costa el resto de su vida.

Y no había nada que él pudiera hacer al respecto. El destino le había lanzado una bola curva y no le quedaba más remedio que apechugar con ello.

–Cuéntame algo de ti –le dijo.

Molly parpadeó.

–¿Algo de mí?

Salvio suspiró exasperado.

–Mira, Molly, me parece que corres el riesgo de sobreactuar con ese papel de chica ingenua, ¿no crees? Hemos tenido intimidad unas cuantas veces, y acabas de decirme que estás embarazada. En circunstancias normales, no tendría el menor interés en conocer tu pasado, pero estarás de acuerdo conmigo en que esta situación no es normal.

A Molly se le encogió el corazón al oírle decir esas cosas tan crueles. Se preguntó si otro hombre en su lugar habría fingido al menos ese interés, si le habría hecho creer al menos que quería conocerla un poco mejor. Quizá debería agradecerle a Salvio que no lo hiciera. Podía ser cruel, pero al menos no era un hipócrita. No fingía que sentía por ella algo que no sentía ni le estaba dando falsas esperanzas. Al menos sabía a qué atenerse.

–Nací en una pequeña cabaña en…

–Por favor, ahórrame el melodrama. Vayamos al grano, ¿quieres? –la interrumpió él con frialdad–. Háblame de tus padres.

Molly se encogió de hombros.

–Mi padre nos abandonó cuando le diagnosticaron a mi madre esclerosis múltiple –dijo.

Salvio pareció algo avergonzado de su brusquedad.

–Debió de ser muy duro para ti –murmuró.

–Lo fue –admitió ella–. Pero no tanto como lo fue para mi hermano pequeño, Robbie. Él… bueno, adoraba a nuestra madre. Yo también la quería, por supuesto, pero estaba demasiado ocupada tratando de llevar al día todas las tareas de la casa para que los servicios sociales no se lo llevasen –murmuró, y se le quebró la voz al recordarlo.

–¿Y qué pasó? –la instó él a continuar.

Molly tragó saliva.

–Mi madre murió cuando Robbie tenía doce años, pero los servicios sociales dejaron que siguiéramos juntos. Luché como una leona para que no se lo llevaran a un hogar de acogida. Y lo conseguí.

Salvio frunció el ceño.

–¿Y cómo te fue, criando a tu hermano sola?

¿Le había parecido detectar una nota de compasión en su voz, o estaba siendo una ilusa?, se preguntó Molly. Pues claro que estaba siendo una ilusa. Solo estaba haciéndole aquellas preguntas porque sentía que tenía que hacerlo, no porque tuviera ningún interés. Por un momento se sintió tentada de edulcorar un poco la historia, de decirle que Robbie se había convertido en un chico trabajador y responsable. Pero… ¿y si descubriera la verdad y la acusara de haberle mentido? ¿No complicaría aún más la situación?

–Robbie se descarrió un poco –admitió–. Hizo lo que hacen muchos adolescentes problemáticos: se juntó con la gente equivocada, se metió en líos con la policía… Y luego empezó a…

La voz volvió a quebrársele. Era consciente de que aquello no era algo que pudiera enterrar con el pasado. El terapeuta le había dicho que las adicciones jamás se superaban del todo, que permanecían latentes, esperando a ser alimentadas. De hecho, la aterraba que su hermano hubiera vuelto a caer en su adicción, que alguien estuviese repartiéndole cartas en algún bar de Australia.

–¿Empezó a qué? –la instó Salvio para que continuara.

–A jugar a las cartas –murmuró Molly cabizbaja–. Empezó con las máquinas tragaperras en un salón de juegos, y allí conoció a alguien que le dijo que a un chico listo como él tenían que dársele bien las cartas, que seguro que podría ganar suficiente dinero como para comprarse las cosas que nunca había tenido. Y así fue como empezó todo –le explicó–. Comenzó a jugar al póquer, y se le daba bien. Al principio. Empezó a ganar dinero, pero se lo gastaba en nada de tiempo. Y empezó a endeudarse, a acumular deudas importantes. En ningún banco querían concederle un crédito, así que acudió a uno de esos sitios que ofrecen préstamos inmediatos a corto plazo y le… le…

–¿Fueron detrás de él al ver que no devolvía el préstamo? –adivinó Salvio.

Molly asintió.

–Usé la mayor parte de mis ahorros para pagarles, pero todavía queda una parte pendiente de la deuda que nunca parece que baje, porque los intereses que le cobran son astronómicos. Quería que Robbie volviera a empezar de cero, que se apartara de las malas influencias que lo habían llevado hasta allí. Se ha ido a Australia y me ha prometido que asistirá a una terapia de grupo para tratar la ludopatía. Por eso estaba trabajando para los Avery. El puesto incluía el alojamiento, así que me ahorraba tener que pagarme un alquiler. De hecho, me pagaban un extra importante por hacer las veces de guardesa. Tenían aseguradas sus obras de arte y decían que el seguro les cobraba menos si tenían a alguien viviendo de forma permanente en la finca.

–Y entonces aparecí yo –murmuró Salvio.

Molly giró la cabeza hacia él, como si algo en su tono de voz la hubiese hecho recelar.

–¿Perdón?

Salvio se encogió de hombros.

–Una joven atractiva como tú… encerrada en esa enorme casa en mitad de ninguna parte, trabajando para unas personas que solo aparecían por allí de cuando en cuando… –observó–. Debía de parecerte una jaula dorada.

–Le daba gracias a Dios por tener un sitio donde vivir y la oportunidad de ahorrar –dijo Molly.

–Y también te proporcionó la oportunidad de conocer a un hombre rico del que podías aprovecharte.

Molly se quedó mirándolo boquiabierta.

–¿Te has vuelto loco?

–No, *mia bedda* –replicó él con suavidad–. Hablo por propia experiencia. Es una de las desventajas de ser rico y estar soltero: las mujeres acuden a mí como moscas a la miel. Debiste de darte cuenta de que me sentía atraído por ti, y no puedo evitar preguntarme si no me verías como una salida fácil al problema de las deudas de tu hermano. Si tus lágrimas aquella noche eran reales, o fingidas. ¿Tal vez pretendías que tus sollozos removieran mi conciencia?

Molly se incorporó, quedándose sentada en la cama, y sintió que se le había puesto la carne de gallina a pesar del edredón que cubría la mayor parte de su cuerpo desnudo.

–¿Crees que fingí que lloraba para darte lástima? ¿Que me quedé embarazada a propósito para que pagaras las deudas de mi hermano? ¿Que podría ser tan fría como para utilizar mi embarazo para chantajearte?

–No, no estoy diciendo eso. Pero sí es curioso lo bien que te ha venido este giro del destino, ¿no crees?

Molly sacudió la cabeza.

–No, no lo creo –le espetó con voz trémula.

Apartó el edredón, se bajó de la cama y empezó a recoger su ropa del suelo. Las manos también le temblaban, pero empezó a vestirse, y cuando hubo terminado se volvió y le dijo con aspereza:

–Supongo que no hay nada más que decir.

Salvio dejó escapar una risa sarcástica.

–Yo tengo unas cuantas cosas más que decir, pero no creo que sea el momento. No es bueno hablar en caliente. Necesito pensarlo con calma antes de tomar una decisión.

Molly se sintió tentada de decirle que quizá debería haberlo pensado antes de acostarse con ella para luego lanzarle todas aquellas acusaciones absurdas, pero le pareció que solo lograría empeorar las cosas. Además, ella no se había negado en ningún momento a tener intimidad y lo había deseado tanto como él.

Alzó la barbilla y, adoptando una actitud lo más digna posible –lo cual no era fácil dadas las circunstancias–, abandonó la habitación de Salvio sin decir nada más.

Capítulo 7

A LA MAÑANA siguiente, Molly se despertó agitada en su habitación. Se bajó despacio de la cama. No sabía qué era lo que quería Salvio. Lo único que sabía era lo que ella quería. Deslizó una mano hasta su vientre. Quería aquel bebé. Y nada de lo que Salvio dijera la haría cambiar de opinión.

Se dio una ducha, se puso unos vaqueros y un suéter y cuando bajó encontró a Salvio en la cocina. Había hecho café y estaba sirviéndose una taza. Al verla entrar su rostro no dejó entrever emoción alguna, y se limitó a señalarle la cafetera.

–¿Quieres un poco?

Molly sacudió la cabeza.

–No, gracias, me prepararé una infusión de poleo-menta.

Estaba segura de que una infusión sería mucho mejor para el bebé que la cafeína, pero sobre todo le daba la oportunidad de ocuparse en algo. Cualquier cosa con tal de evitar mirar a Salvio, que estaba guapísimo con unos vaqueros descoloridos y un suéter negro.

–Bueno –le dijo él sin más preámbulos–, tenemos que decidir qué vamos a hacer con respecto a esa noticia bomba que me diste anoche. ¿Alguna idea?

Molly había estado pensando en ello durante las

largas horas que había pasado despierta antes de dormirse por fin. «Sé práctica», se dijo. «Deja a un lado las emociones». Se aclaró la garganta.

–Pues, obviamente, para mí lo primero es encontrar un trabajo –dijo con cautela–. Y un trabajo que incluya alojamiento, claro está.

–Que incluya alojamiento –repitió él lentamente–. Y cuando el bebé haya nacido, ¿qué?

Molly se encogió de hombros, confiando en que ese gesto mostrara más confianza en sí misma de la que sentía en ese momento.

–A mucha gente no le importa que su empleada de hogar se lleve a su hijo con ella a trabajar –dijo–. Bueno, tal vez no a mucha gente –se corrigió cuando él resopló con incredulidad–. Pero si es una familia con hijos seguro que son más comprensivos. Y, ¿quién sabe? Incluso podría alternar mi trabajo de ama de llaves con el de niñera.

–¿Eso es lo que quieres? ¿De verdad?

Molly reprimió la frustración que la invadió al oírle decir eso. Por supuesto que no era lo que quería. Pero difícilmente podría decirle que nada de todo aquello era lo que ella habría querido. No había entrado en sus planes quedarse embarazada –pero estaba dispuesta a ser la mejor madre posible para su bebé– y tampoco podía haberse imaginado que el padre de su hijo sería un multimillonario insensible. Quería lo que la mayoría de las mujeres querían en una situación así: estabilidad y a un hombre que las adorase.

–En la vida todo es adaptarse –le dijo estoicamente.

Y, para su sorpresa, Salvio asintió antes de alejarse de la ventana e ir hasta la mesa. Dejó su taza sobre ella y sacó una silla.

–Siéntate –le dijo–. Tenemos que hablar de esto con tranquilidad.

Molly sacudió la cabeza.

–Pero es que ahora no puedo sentarme.

–¿Por qué no?

–Pues porque aún tengo que limpiar la casa; después de la fiesta de anoche...

–Déjalo.

–No puedo dejarlo. Me pagas para que...

–He dicho que lo dejes, Molly –la interrumpió él irritado–. Pediré que me manden a un equipo de limpieza más tarde. Ahora siéntate, ¿quieres?

Molly ignoró la silla que había sacado para ella y se sentó de mala gana en otra en el extremo opuesto de la mesa.

–He estado pensando mucho en todo esto –dijo Salvio.

«Pues bienvenido al club».

–¿Y has llegado a alguna conclusión?

Salvio la miró con suspicacia. No estaba comportándose como había esperado que se comportaría. De hecho, la noche anterior, cuando había abandonado su habitación enfadada, había creído que volvería para intentar meterse de nuevo en su cama. Incluso que quizá se disculparía antes de atraerlo hacia sí para besarlo con fruición. Estaba acostumbrado a esa clase de comportamiento inconsistente en las mujeres. Y la verdad era que habría agradecido otra ronda de sexo. Así habría podido olvidarse de todo aquel espinoso asunto un rato más.

Pero Molly no había hecho eso. Y esa mañana, se había preparado mentalmente para verla aparecer llorosa, o de mal humor, pero eso tampoco había ocurrido, aunque por las ojeras que tenía parecía que ella tampoco había descansado bien.

En cuanto a él, curiosamente, esa mañana al despertarse tampoco se había sentido como había esperado que se sentiría. Todavía estaba aturdido por la noticia del embarazo, por supuesto, pero el pensar en que había un bebé en camino ya no lo horrorizaba. Y, si ciertas experiencias no lo hubiesen convertido en un cínico, quizá hasta habría reconocido que la sensación cálida que había notado en el pecho al darle ella la noticia era un tímido brote de dicha.

–Todos los problemas tienen solución si los analizas desde el ángulo adecuado –dijo–. Tengo una proposición que hacerte –se quedó callado un momento–. No quiero que busques un trabajo como ama de llaves, ni como niñera.

–¿Por qué?

Salvio se tensó, intuyendo que aquel era el principio de un tira y afloja. ¿Estaría tratando de sondearle para ver cuánto dinero estaría dispuesto a darle?

–¿Acaso no es evidente? Porque vas a tener un hijo mío. Y aunque no tenía planes de tener ninguno, no voy a rehuir las consecuencias de mis actos.

–Haces que suene tan frío y pragmático… –murmuró ella.

–¿Qué quieres?, ¿que te lo pinte de color de rosa? –le espetó él–. ¿Que te diga que es lo que siempre había soñado que me ocurriese? ¿O prefieres la verdad?

–Soy una persona realista –contestó Molly–. Quiero la verdad.

–Pues ahí la tienes, la verdad pura y dura –dijo él–. Mañana me voy a Nápoles para pasar allí las Navidades.

–Lo sé. Tu secretaria me lo dijo cuando me contrató.

–Vuelvo todos los años –continuó Salvio–. Para ver a mis cariñosos padres, que se preguntan en qué se equivocaron al criarme.

Molly parpadeó, confundida.

–No comprendo...

–Que se preguntan cómo puede ser que su hijo, que se ha convertido en un hombre de éxito –continuó Salvio, como si ella no hubiera hablado–, no haya sido capaz de encontrar aún a una mujer con la que darles los nietos que tanto ansían –soltó una risa amarga–. Y de pronto, mira qué casualidad, ¡resulta que te has quedado embarazada! ¡Qué felices les hará conocerte!

Molly se quedó mirándolo con el ceño fruncido.

–¿Conocerme? ¿No estarás sugiriendo...?

–Como dije anoche, ya va siendo hora de que dejes de hacerte la ingenua. Creo que sabes exactamente qué es lo que estoy sugiriendo –le dijo Salvio–. Te compraré un anillo, te llevaré conmigo a Nápoles, y así mis padres conocerán a mi prometida.

Molly parpadeó.

–¿Me estás diciendo... que quieres casarte conmigo?

–Pongámoslo de otro modo: no tengo un interés especial en casarme, pero estoy dispuesto a casarme contigo –puntualizó él.

–¿Por el bebé?

–Por el bebé –asintió él–. Pero no solo por eso. La mayoría de las mujeres son exigentes y manipuladoras, pero curiosamente tú no eres ni lo uno, ni lo otro. Y no solo disfruto enormemente del sexo contigo, sino que además eres tremendamente… complaciente –sus labios se curvaron en una sonrisa reflexiva–. Y cuando menos sabes cuál es el lugar que te corresponde.

Molly lo miró irritada y le entraron ganas de mandarlo al diablo por hacerla sentirse como un felpudo.

–¿Y qué saco yo de todo eso? –le preguntó.

Salvio la miró sorprendido.

–Está muy claro. Tú consigues tener una estabilidad económica, y yo una esposa y un hijo que me vienen como caídos del cielo para complacer a mis padres. Puedo pagar de una sola vez las deudas de tu hermano, siempre y cuando le dejes claro que no volveré a hacerlo. Y quita esa cara de espanto, Molly. Ninguna mujer que vaya a casarse pondría esa cara. Además –añadió a modo de pulla–, tampoco es que tengas muchas opciones.

Molly se estremeció, dolida por sus palabras. No tenía que exponerlo de un modo tan crudo, pensó, tragando saliva. Pero tenía razón. No tenía demasiadas opciones, y sabía que no había nada de romántico en tener que luchar para salir adelante. Y lo sabía porque había pasado por ello, por cosas como comer todos los días alubias o comprarse la ropa en tiendas de segunda mano. Sabía lo duro que era ser pobre, y no quería que su bebé pasase por eso.

De forma inconsciente se llevó la mano al vientre,

y Salvio siguió ese movimiento con la mirada antes de alzar la vista de nuevo. Molly trató de hallar en sus ojos alguna emoción, pero fue en vano, y no le quedó más remedio que ignorar la punzada que sintió en el pecho.

–Está bien. Ya que, como has dicho, no tengo demasiadas opciones... estoy de acuerdo –murmuró. Y, tal vez porque estaba acostumbrada a intentar agradar, y porque le agradecía esa generosidad, aunque fuera obligada, esbozó una leve sonrisa y añadió–: Gracias.

Salvio se sintió culpable. No se merecía que le diera las gracias. Ni esa tímida mirada que hizo que le entraran ganas de estrecharla entre sus brazos. Sabía que podría haber sido un poco más delicado al exponerle su propuesta, pero le parecía que aquello solo podría funcionar si era claro con ella y no le daba falsas esperanzas.

Sin embargo, sabía de una manera segura de complacerla, algo que les encantaba a todas las mujeres.

–Ve a por tu abrigo –le dijo en un tono más amigable–. Nos vamos de compras.

Cuando salieron de nuevo al frío de la calle, Molly se sentía muy cálida gracias a su nuevo abrigo de cachemir de color *camel*. Maravillada, lo acarició con las yemas de los dedos. Además, conjuntaba muy bien con las botas hasta la rodilla y los suaves guantes de cuero marrón que se había comprado en la misma boutique.

Habían ido a Londres en coche, y el chófer de

Salvio los había dejado en una calle donde estaban las boutiques más exclusivas de la ciudad, de esas que tenían en la puerta un vigilante de seguridad fornido y de expresión inescrutable. Las dependientas, en cambio, se habían vuelto todo sonrisas al ver a Salvio y se habían puesto a revolotear en torno a ellos.

Una estilista terriblemente delgada había sido la encargada de afrontar el formidable reto de encontrarle prendas que le sentaran bien. Habían sacado docenas. Salvio había descartado algunas con un ademán impaciente, mientras que otras habían recibido su aprobación con una sonrisa complacida.

–Me parece una barbaridad gastar tanto dinero en ropa que ya no podré ponerme dentro de un par de meses o tres –le había siseado Molly, escandalizada, tras casi desmayarse al ver el precio en una de las etiquetas.

A él había parecido divertirle ese afán suyo por no gastar demasiado.

–Pues, cuando pase eso, te compraremos más. No te preocupes, Molly. Pronto vas a ser la esposa de un hombre muy rico.

Resultaba difícil de imaginar, había pensado ella, mientras se metía por la cabeza un vestido de gasa, ligero como una pluma. Y luego, cuando había salido del probador para someterse al veredicto de Salvio, había empezado a preguntarse si no debería mostrar un poco de orgullo y rechazar toda esa ropa que quería comprarle.

Pero luego lo había considerado de un modo más realista; probablemente Salvio provenía de una familia extremadamente rica, y a sus padres les incomodaría que su hijo se comprometiese con alguien de un estatus social inferior. ¿Y no se sentiría ella fuera de lugar si se presentara en su casa vestida con ropa de unos grandes almacenes y unas botas gastadas? Por eso había acabado transigiendo con que le comprara jerséis, pantalones, blusas, chaquetas, vestidos y también varios pares de zapatos.

Tras salir y entregar las bolsas al chófer para que las guardara en el maletero, Salvio la había conducido a una joyería en cuyas vitrinas se exhibían piezas de precios exorbitantes.

–¿Cómo te gustaría que fuera tu anillo de compromiso? ¿Con qué clase de anillo solías soñar de niña? –le había preguntado, antes de que se les acercara una elegante dependienta–. El que más te guste, es tuyo.

Con lo único con lo que ella había soñado de niña había sido con que cada día pudieran tener comida en la mesa y con que ocurriera un milagro y su madre se curara, había pensado Molly, sintiendo que le ardían las mejillas. De pronto todo aquello le había parecido la pantomima que era en realidad. Habían ido allí para comprar un anillo, como cualquier pareja que fuera a casarse, pero sin la felicidad que esas parejas experimentaban al hacerlo.

–Quiero un anillo que no parezca un anillo de compromiso –había dicho finalmente.

Disimulando su sorpresa, la dependienta le había mostrado un anillo que se ajustaba a lo que le había pedido: un diseño deslumbrante formado por tres finos aros de platino, en cada uno de los cuales había engarzado un pequeño diamante de forma asimétrica.

–Se supone que los diamantes de esta pieza imitan gotas de lluvia –les había explicado la dependienta.

O lágrimas, había pensado Molly. A ella le habían parecido lágrimas.

Cuando terminaron sus compras, el chófer los llevó al apartamento que Salvio tenía en Clerkenwell, una zona de moda de la ciudad. Molly nunca había estado allí, igual que jamás había estado en un ático tan moderno y reluciente como aquel. Mientras pasaban de una estancia a otra, se maravilló de lo limpio y ordenado que estaba todo, pero le pareció muy aséptico, como si nadie viviera de verdad allí.

El resto del día, Salvio estuvo haciendo llamadas para organizarlo todo. Parecía que tuviera a decenas de personas a su disposición: gente que se ocupaba de conseguirle coches de alquiler y aviones privados, gente que le hacía reservas en hoteles y encargaba regalos de último minuto en su nombre o cualquier cosa que necesitara.

Cenaron temprano, y, para sorpresa de Molly, les llevaron la comida de un restaurante cercano de renombre.

–¿No tienes un chef, o un ama de llaves? –le preguntó cuando se sentaron a la mesa.

–Prefiero no tener personal interno. Así tengo más privacidad –le explicó Salvio–. Espero que tengas hambre.

–Mucha –respondió ella, poniéndose la servilleta en la falda–. ¿Hace mucho que tienes este apartamento? –le preguntó.

–Hará unos cinco años.

–¿Y pasas aquí mucho tiempo?

–La verdad es que no –contestó él–. Tengo otras casas alrededor del mundo. Esta es solo mi «campamento base» cuando vengo a Londres –se quedó mirándola pensativo–. ¿Por qué lo preguntas?

Molly se encogió de hombros.

–Porque está todo muy ordenado.

Salvio se rio.

–Tiene gracia. Por tu trabajo cualquiera diría que eso te habría agradado.

A Molly le dolió aquel comentario. No era sino otro recordatorio de que aquel no era su mundo, un recordatorio de cómo la veía en realidad. Jamás la vería como su igual, pensó desanimada.

–¿Sabes?, la verdad es que estoy algo cansada –le dijo–. Ha sido un día muy largo, y el bebé…

Salvio dejó su copa en la mesa. Ninguno de los dos había mencionado ese tema en toda la tarde, y lo sorprendió que oír la palabra «bebé» ya no le resultara tan chocante. Poco a poco se estaba acostumbrando a la idea de que estaba embarazada, aun cuando no por ello sintiera deseos de dar saltos de alegría. Y curiosamente Molly estaba resultando ser una compañía más llevadera de lo que había esperado. No andaba con exigencias constantes y era optimista. Además, había algo en ella que le proporcionaba paz. Mientras la miraba se dio cuenta de lo pálida que estaba, y sintió una punzada de culpabilidad. ¿Por qué no se había dado cuenta antes de lo cansada que parecía?

–Sí, deberías irte a la cama –dijo.

Molly tragó saliva.

–¿Y dónde… dónde voy a dormir?

–Se supone que estamos comprometidos, Molly –le dijo él con suavidad–. ¿Dónde crees que vas a dormir?

–Es que… no estaba segura.

Salvio había dado por hecho que compartiría su lecho –¿por qué no habría de hacerlo?–, pero el tono vacilante de Molly y su palidez le hicieron reconsiderarlo, tanto por el bien de ella como por el suyo propio. Una noche separados podría venirles bien, sobre todo teniendo en cuenta que la noche pasada ninguno de los dos había descansado.

–No te preocupes; tienes razón –le dijo levantándose–. Esta noche dormirás en el cuarto de invitados. Así estarás más tranquila.

Molly pareció vacilar de nuevo, pero asintió.

–Sí, será lo mejor –murmuró en un tono que a él le sonó a obediencia, lo que le recordó una vez más que, en esencia, era una sirvienta.

Capítulo 8

BAÑADA por la brillante luz del sol de diciembre, que entraba a raudales por los altos ventanales de la suite de su hotel en Nápoles, Molly se volvió hacia Salvio, que estaba cambiándose los vaqueros y la chaqueta de cuero que había llevado durante el viaje por algo un poco más formal.

–Todavía no hemos hablado de qué les vamos a decir a tus padres –murmuró.

Salvio, que se estaba poniendo derecha la corbata, se volvió para mirar a su prometida. Estaba preciosa con el cabello recogido y un elegante vestido verde. No quedaba ni rastro de la tímida y desaliñada ama de llaves.

Acababan de llegar a su ciudad natal. Su jet privado había descendido entre las montañas que rodeaban el temible Vesubio. Era una vista icónica que dejaba sin aliento hasta a los viajeros más experimentados, y él se había encontrado observando a Molly para ver su reacción, pero ella parecía haber estado demasiado absorta en sus pensamientos como para apreciar su belleza.

Ni siquiera cuando el chófer los había dejado en su hotel de cinco estrellas con vistas al Castel dell'Ovo, parecía haberla impresionado la lujosa suite del ático en que iban a alojarse.

–Les diremos la verdad –contestó él, tras sopesar su pregunta–. Que estás embarazada y vamos a casarnos lo antes posible.

Molly contrajo el rostro.

–¿De verdad te parece que tenemos que decírselo así, tan…?

Salvio clavó sus ojos en ella.

–¿Tan qué, Molly?

Ella se humedeció los labios con la lengua.

–Pues tan de sopetón –murmuró. Se encogió de hombros y fue a sentarse en un silloncito junto a la ventana–. Por lo que me has contado, quienes te conocen saben que tienes auténtica aversión a los compromisos, y que nunca has querido casarte.

Salvio acabó de ajustarse la corbata con un pequeño tirón. Esa no era la historia completa, pero tampoco era cuestión de descargar sobre ella cosas que no necesitaba saber.

–¿Y qué?

–Es que… este matrimonio repentino va a pillar completamente desprevenidos a tus padres.

–Obviamente –dijo él–. ¿A dónde quieres ir a parar?

–Pues a que preferiría no decirles nada de mi embarazo. Al menos de momento. Estoy de muy poco tiempo. Y estaba pensando que sería bonito que les dejáramos creer que vamos a casarnos por algo más que un embarazo indeseado después de un… de un…

–¿De un revolcón? –sugirió él, antes de adoptar

un tono más cáustico–. ¿Me estás diciendo que quieres que finjamos ante mis padres que estamos enamorados?

–Por supuesto que no –replicó ella sonrojándose, antes de alzar la vista para lanzarle una mirada de reproche–. Dudo que se te dé bien actuar.

–¿No querrás decir «mentir»?

–Supongo que es otra manera de verlo.

Al ver su expresión alicaída, Salvio se ablandó un poco.

–No quiero darte falsas esperanzas, Molly. Ni dárselas a ellos. Soy como soy, y el fondo de la cuestión es que las emociones no son lo mío; eso es todo.

–¿Y siempre...? –Molly se quedó callada un momento, como si quisiera elegir las palabras con cuidado–. ¿Siempre has sido así?

–No. Creo que son las circunstancias las que me han hecho así –respondió él en un tono inexpresivo.

–¿Qué clase de circunstancias?

Salvio frunció el ceño. Fue hasta el mueble bar y les sirvió un vaso de agua mineral a los dos antes de cruzar la habitación y tenderle uno a Molly.

–No sabes mucho de mí, ¿verdad? –murmuró.

Molly sacudió la cabeza y tomó un sorbo de agua.

–Prácticamente nada. Aunque tampoco es que hayamos tenido largas conversaciones desde que nos conocemos.

Salvio casi sonrió.

–¿Y en ningún momento te has sentido tentada de buscarme en Google?

Por supuesto que había sentido la tentación. Pero había preferido no hacerlo. Bastante diferencias había ya entre ellos: un magnate multimillonario y una humilde ama de llaves. Si había algo que tuviera que saber, quería enterarse por él, no por algún artículo tendencioso de un periódico en Internet.

–No quería que pareciera que estaba espiándote.

–Eso es encomiable.

–Pero me sería útil saber algo más de ti –insistió ella–. Si no, tus padres podrían pensar que no somos más que unos desconocidos el uno para el otro.

–¿Y eso es lo que te preocupa? –la increpó Salvio, sin apartar sus ojos de los de ella–. ¿Lo que los demás puedan pensar?

Molly se mordió la lengua para no responderle como se merecía. Si alguna vez le hubiese preocupado lo que pudieran pensar los demás, no habría sobrevivido a una infancia como la suya. Desde una edad muy temprana había aprendido que había cosas más importantes por las que preocuparse que el tener agujeros en los zapatos o que tu abrigo necesitase un buen zurcido. Igual que había aprendido que tener buena salud –lo único que el dinero no podía comprar– era lo que de verdad tenía valor.

–Creo que hay que ser respetuosos con los sentimientos de los demás, y creo que tus padres podrían sentirse confundidos y tristes si descubriesen que en realidad ni siquiera nos conocemos. Pero, sobre todo, la principal razón por la que necesito saber más sobre ti es porque voy a tener un hijo tuyo –le espetó. Los ojos de Salvio se ensombrecieron, como si le hubiese recordado algo en lo que preferiría no pensar–. Por ejemplo, no sé nada de tu niñez, absolutamente nada.

Salvio resopló.

–Está bien. En primer lugar, debes comprender que soy napolitano hasta la médula –comenzó en un tono fiero, orgulloso–, y que siento una gran pasión por mi bella ciudad natal.

«¿Y por qué no vives aquí?», se preguntó Molly. «¿Por qué solo vienes de visita en Navidad?».

–Crecí en Rione Sanità, un barrio muy hermoso y cargado de historia –continuó Salvio–, pero también una de las zonas más pobres de la ciudad.

–¿Tú?, ¿naciste en un barrio pobre? –exclamó ella con incredulidad.

Salvio esbozó una sonrisa cínica.

–¿Creías que siempre había vestido ropa cara como esta? –le espetó, señalando su elegante chaqueta con un ademán–. ¿O que no sé lo que es pasar hambre?

Sí, la verdad es que eso era lo que había pensado; sobre todo porque se comportaba como si jamás hubiese conocido otra vida más que la de un hombre que llevaba zapatos y camisas de seda hechos a medida, y que tenía chófer y jets privados.

–Pues si es así debo decir que te ha ido muy bien –dijo lentamente–. ¿Cómo conseguiste salir de la pobreza?

–Descubrí que tenía talento para el fútbol. La primera vez que mi pie tocó un balón supe que era algo innato en mí. Jugaba siempre que podía. Cerca de nuestra casa no había ningún sitio donde jugar, pero encontré un solar abandonado donde podía practicar. Marqué un punto del muro con una tiza y trataba de chutar en ese punto una y otra vez. La gente que pasaba se paraba a mirar, y algunos me retaban para ver cuánto tiempo podía evitar que la pelota cayese al suelo dándole toques con las rodillas, la cabeza, el pecho... Otras veces hacíamos partidos improvisados, en los que yo siempre era quien más veces conseguía marcar. Y entonces, un día, aparecieron unos ojeadores y mi vida cambió de la noche a la mañana.

–¿Qué pasó? –inquirió Molly.

Salvio giró la cabeza hacia la ventana, admirando la belleza de la bahía, con el mar de color zafiro. ¿Parecería un fanfarrón si le dijera que habían llegado a decir de él que había sido el mejor jugador de su generación? ¿O que la vida de superestrella le había llegado demasiado deprisa?

–Entrenaba a todas horas, decidido a estar a la altura, y pronto me fichó uno de los clubes de mayor prestigio del país. Conocí lo que era la fama, y mi vida se convirtió en una locura. Allá donde iba la gente me paraba para pedirme un autógrafo, y no recuerdo cuándo fue la última vez que me tomé una pizza teniendo que pagar, sin que el dueño de la pizzería o algún fan me invitara.

–Pero ocurrió algo, ¿no? –sugirió ella–. Algo malo, quiero decir.

Salvio entornó los ojos. ¿Le había mentido cuando le había dicho que no había buscado información sobre él en Internet?

–¿Qué te hace preguntar eso?

Molly vaciló.

–No estoy muy segura. Tal vez sea por el tono de tu voz al contarlo, o por esa expresión de...

–¿De qué? –quiso saber Salvio–. Y, por favor, no

me des la respuesta educada que crees que quiero escuchar.

Molly lo miró a los ojos, sorprendida, porque eso era precisamente lo que había estado a punto de hacer.

–Pues… de resentimiento, supongo –murmuró–. O tal vez de decepción.

A Salvio lo exasperó la perspicacia de Molly y el modo comprensivo y amable en que lo miró. Había accedido a contarle lo básico sobre su pasado, no a dejar que lo diseccionase capa por capa para que pudiera escudriñar en su alma. Y, sin embargo, continuó con su relato, como si ahora que había levantado la tapa del baúl de sus recuerdos, ya no fuera capaz de volver a cerrarla.

–Mi vida era como un cuento de hadas. No era solo el éxito, o el dinero… y la posibilidad de hacer cosas buenas con todo ese dinero. Es que me encantaba jugar al fútbol. No quería hacer otra cosa. Pero un día un jugador del equipo contrario me hizo una falta muy sucia y sufrí un desgarro del ligamento cruzado. Una lesión muy grave –le explicó torciendo el gesto–. Y ese fue el final del cuento de hadas. Jamás volví a jugar.

–Cuánto lo siento, Salvio. Debió de ser…

–Por favor, ahórrate esas frases manidas –masculló él. No necesitaba su compasión–. Podía haber aprendido a vivir con la lesión. Al fin y al cabo, todo jugador profesional tiene que aceptar que un día su carrera acabará, aun cuando ocurra antes de lo que hubiera querido. Lo que lo empeoró fue el descubrir que mi representante había estado robándome antes de marcharse de la ciudad –se quedó callado un momento–. De pronto todo lo que creía que tenía había desaparecido: me quedé sin trabajo, sin dinero... Mi caída en desgracia fue... espectacular.

–¿Y qué hiciste? –preguntó ella en un murmullo.

Salvio se encogió de hombros. Se había pasado varios días furioso, y se había planteado seriamente ir detrás de su representante y amenazarle con darle una paliza si no le devolvía su dinero. Pero finalmente se había dado cuenta de que la venganza era algo que le robaba a uno tiempo de vida y lo devoraba por dentro. Había decidido que no quería pasarse el resto de su vida persiguiendo un sueño roto ni reviviendo glorias pasadas como un triste perdedor. Pero el destino aún le reservaba el golpe final, que lo había empujado a una amarga desesperanza y le había hecho jurarse a sí mismo que jamás le volvería a ocurrir. Apartó ese recuerdo de su mente.

–Vendí todos mis coches y el apartamento de lujo que me había comprado en Roma –le dijo a Molly–. La mayor parte del dinero que obtuve se lo di a mis padres y me marché a Estados Unidos.

–¿Por qué allí? –inquirió ella.

–Porque era un país lo bastante grande como para que nadie me reconociera y pudiera volver a empezar de cero. No quería que me definiera una carrera que se había acabado de un plumazo. Además, era joven y estaba dispuesto a esforzarme –le explicó.

Se había centrado en eso, en trabajar, dejando todo lo demás a un lado, y, cuando le había llegado la gran oportunidad que esperaba, la había aprovechado al máximo. Se había fijado en que, mientras que la mayoría de la gente estaba empezando a mudarse al centro, había ciertos distritos de la ciudad venidos a menos que eran minas de oro en potencia. Había empezado a comprar propiedades ruinosas y a reformarlas. El primer año, al volver a Nápoles por Navidad, le había llevado a su madre, muy orgulloso, un caro abrigo que había comprado en Bloomingdales. Ahora podría comprarle la tienda entera, pero el éxito que había cosechado jamás llenaría el vacío que había en su corazón.

Se quedó mirando a Molly, asombrado por cómo se había abierto a ella. Nunca se había abierto así a nadie; ni siquiera a Lauren. Miró su reloj.

–No quiero seguir hablando del pasado –le dijo–. Y tenemos tiempo antes de ir a casa de mis padres. ¿Te gustaría un pequeño tour por la ciudad?

–¿A ti te apetece? –le preguntó Molly.

–No –se sinceró él–. Es lo último que me apetece ahora mismo. Se me ocurre un modo mucho mejor de pasar las próximas dos horas. ¿A ti no?

Los pensamientos bullían en la mente de Molly cuando lo miró a los ojos. No se había esperado muchas de las cosas que le había contado, pero ahora que las sabía no la sorprendían. De hecho, el día que lo había conocido se había fijado en que tenía el físico de un deportista y en esa ligera cojera. El único defecto físico del hombre que estaba mirándola, esperando una respuesta.

En buena parte todavía era una novata en lo que se refería al sexo, pero ya era capaz de reconocer el deseo que había hecho que las facciones de Salvio se tensaran. Sabía lo que quería, porque también era lo que ella quería. No le había gustado que hubieran dormido en camas separadas la noche anterior. Antes de dormirse no había podido dejar de pensar en que él estaba en la habitación de al lado, y se había preguntado por qué no habría insistido en que durmieran juntos. No había podido evitar preguntarse si se había cansado de ella, pero ahora, al ver el deseo en sus ojos, supo que se había equivocado.

–A mí también se me ocurren unas cuantas cosas que preferiría hacer ahora mismo –le confesó con timidez–. Y para todas nos hace falta una cama.

Los labios de Salvio se curvaron en una sonrisa. Fue hasta ella, tomó su mano y besó cada uno de sus dedos antes de conducirla a la enorme cama. Molly estaba impaciente por volver a sentir su piel desnuda contra la suya, pero cuando Salvio comenzó a desvestirla no parecía tener prisa. Cuando le desabrochó el sujetador y sus pechos quedaron libres, gimió extasiado antes de inclinar la cabeza y mordisquear suavemente uno de sus pezones endurecidos. Molly se revolvió debajo de él, excitada, cuando comenzó a atormentarla con la lengua, pero su frustración no pareció moverlo a ir más deprisa. Sin embargo, el corazón de Molly palpitó de dicha cuando inclinó la cabeza para besar su vientre, como en un tierno gesto hacia la pequeña vida que crecía dentro de ella.

–Salvio… –gimió, al sentir el roce de sus labios contra su ombligo.

–Todo va a ir bien –le dijo él con voz ronca.

¿Se refería a su futuro, o a la visita a casa de sus padres? ¿O a ambas cosas?, se preguntó Molly. Pero en el momento en que sus besos y sus caricias se tornaron más apremiantes se olvidó de eso por completo.

Cuando la penetró gritó de placer, y se aferró a él con fiereza mientras empujaba sus caderas contra las de ella. Por alguna razón, aquella vez estaba siendo distinta a las veces anteriores que lo habían hecho. Tenía la sensación de que era algo mucho más íntimo. ¿Podría ser porque Salvio había confiado en ella lo bastante como para contarle esas cosas de las que sospechaba que no hablaba con nadie? ¿O esa sensación de intimidad entre ellos sería solo producto de su imaginación?

Lo que sin lugar a dudas era real era el placer que estaba experimentando en ese momento, y cuando alcanzó el orgasmo fue como si la golpeara una ola gigante, y su satisfacción se vio intensificada cuando oyó el gemido de Salvio al derramar su semilla dentro de ella. Cuando aquel increíble clímax se disipó, se quedó como flotando en una nube, y en el momento en que Salvio se apartó de ella, rodando sobre el costado, echó en falta la calidez de su cuerpo de inmediato.

–Ha sido… perfecto –murmuró en un tono soñador.

Pero Salvio no respondió, y aunque su respiración era fuerte y acompasada, no estaba segura de si se había quedado dormido, o simplemente estaba ignorándola. ¿Se estaría volviendo paranoica? No tenía sentido obsesionarse por ese repentino distanciamiento, se dijo. Se acurrucó contra los almohadones, exhaló un suave suspiro y al poco rato la arrastró el sueño.

Capítulo 9

SE QUEDARON dormidos más tiempo del que ninguno de los dos había pretendido, y Molly se despertó sobresaltada y miró un momento a su alrededor, confundida, hasta recordar dónde estaban. A través de la ventana vio que ya había oscurecido, y cuando miró su reloj descubrió con espanto que eran casi las siete. Tenían que estar en casa de los padres de Salvio para la cena de Nochebuena en apenas una hora.

–¡Despierta, Salvio! –lo apremió, zarandeándolo por el hombro–. ¡Vamos a llegar tarde!

Corrió al cuarto de baño y se duchó en un tiempo récord antes de enfrentarse a la espinosa cuestión de qué debería ponerse para la ocasión. Todavía no se había acostumbrado a tener tanta ropa, y con tantas posibilidades le costaba decidirse. Después de mucho dudar optó por una falda que quedaba a la altura de la rodilla, un suéter blanco y unas botas altas de color negro. Inspiró profundamente y se volvió hacia Salvio, que estaba acabando de vestirse.

–¿Crees que tu madre aprobará cómo voy vestida? –le preguntó nerviosa.

Salvio la miró lentamente de arriba abajo antes de asentir.

–Seguro que sí –afirmó–. Vas discreta y recatada.

Cuando bajaron al vestíbulo del hotel, Molly se dio cuenta del interés que Salvio despertaba en los otros clientes. Los hombres lo miraban con envidia, y las mujeres lo devoraban con los ojos. Se subieron al coche que estaba esperándolos fuera, y el trayecto fue mucho más corto de lo que Molly esperaba. Se detuvieron ante una casa muy elegante y Molly se bajó del coche hecha un flan, pero sus nervios se disiparon cuando la madre de Salvio, una mujer bajita de ojos sonrientes, les abrió la puerta y le dio un gran abrazo antes de echarse hacia atrás para mirarla bien.

–¡Por fin voy a tener una nuera! –exclamó en un inglés correcto, aunque con un marcado acento italiano. Se volvió hacia su hijo, se puso de puntillas para besarlo en ambas mejillas, y le preguntó en un tono de suave reproche–: ¿Cómo es que os alojáis en un hotel esta noche en vez de aquí, en la casa de tus padres, Salvatore de Gennaro?

–Porque habrías insistido en que durmiéramos en habitaciones separadas y estamos en el siglo XXI, por si no te habías dado cuenta –la picó su hijo–. Pero no te preocupes, *mamma*. Mañana vendremos a veros de nuevo.

Apaciguada por esa respuesta, Rosa de Gennaro los hizo pasar a una hermosa sala de estar de techo alto donde los esperaba su esposo. Molly se acercó a saludarlo. Alto y con el cabello plateado, las apuestas facciones de Paolo de Gennaro le recordaban a las de su hijo.

Los padres de Salvio se entusiasmaron al ver el anillo de compromiso en su dedo, y mientras Rosa lo admiraba, Molly sintió una punzada de culpabilidad. No quería ni pensar en cómo se sentirían si descubriesen la verdad, que solo había ido allí para representar una pantomima, que iban a casarse porque se había quedado embarazada tras una noche en la que se habían comportado como un par de irresponsables.

Sin embargo, el sentimiento de culpabilidad era una emoción inútil, y trató de ser positiva, como hacía siempre. La casa estaba engalanada para las fiestas, y en el aire flotaba la expectación que caracterizaba a la víspera del día de Navidad, por más que todo el mundo, al crecer, intentase fingir que ya no se ilusionaba como en su niñez. Junto a una de las ventanas de la sala de estar había un precioso árbol iluminado y rodeado de regalos, y había un aroma delicioso.

Hacía mucho que no había vivido una velada así, en familia, y se encontró preguntándose qué estaría haciendo Robbie. Había intentado llamarlo hacía unas horas, pero no había contestado al móvil. «Por favor, que no haya vuelto a su adicción», le había rogado a Dios para sus adentros. «Haz que se dé cuenta de que la vida es algo más que endeudarse, vivir con el agua al cuello y perseguir sueños imposibles».

Mientras admiraba el nacimiento que adornaba una mesita junto al árbol, sus ojos se posaron en el Niño Jesús en su cunita, y trató de imaginarse cómo sería su bebé. ¿Se parecería a Salvio? A veces parecía demasiado serio, pero tenía una sonrisa deslumbrante cuando sonreía.

Recordó el modo en que le había besado el vientre justo antes de hacerla suya, y una llamita de esperanza se encendió en su corazón. Nunca antes había hecho eso. ¿Y no era esa ternura un buen punto de partida para empezar a construir una relación?

Le ofrecieron champán, pero lo rechazó y le sirvieron zumo de naranja. Estaba tomando un sorbo, y mirando una foto de Salvio, con catorce años, sosteniendo un trofeo de plata, cuando sintió una breve punzada de dolor en el vientre. Quizá sin darse cuenta había dado un respingo y contraído el rostro, porque la madre de Salvio la condujo a un sillón y, poniéndole una mano en el hombro, le dijo:

–*Per piacere*, siéntate, Molly. Debes de estar cansada del viaje, pero pronto cenaremos. Espero que tengas hambre.

Obediente, Molly tomó asiento. Sí que estaba un poco cansada.

–Mucha –le respondió con una sonrisa.

Pronto estaban sentados a la mesa, dando comienzo a un festín de increíbles proporciones. Molly nunca había visto una cena compuesta de tantos platos. Había espaguetis con almejas y gambas rebozadas, y en el centro de la elegante mesa Rosa colocó, con un ademán ostentoso, una fuente con un pescado parecido a la anguila.

–*Capitone*! –anunció–. ¿Conoces este pescado, Molly? ¿No? Es un plato tradicional que aquí en Nápoles comemos por Nochebuena. Mi madre lo compraba vivo en el mercado y lo teníamos en la bañera hasta que llegaba el momento de cocinarlo para que se mantuviera fresco. ¿Te acuerdas del año que se escapó, Salvio, y se escondió debajo de tu cama? Fue el único que tuvo el valor de atraparlo.

Mientras Paolo y ella se reían recordándolo, Molly le lanzó una mirada furtiva a Salvio. A veces se mostraba tan frío y distante... Solo en la cama parecía bajar la guardia y mostrar algo de sentimiento. Se quedó mirando la pequeña porción de pescado que quedaba en su plato, preguntándose dónde vivirían cuando naciera el bebé. El ático de Salvio en Londres no parecía el lugar adecuado para criar a un hijo. Su mansión de los Cotswolds al menos tenía un ambiente hogareño.

Al final de la cena tomaron unas galletas tradicionales llamadas *rococo*, y Molly insistió en ayudar a la madre de Salvio a recoger. Acostumbrada como estaba por su profesión, despachó con rapidez lo que quedaba en la mesa y mientras lavaba las copas a mano y las colocaba con cuidado en el escurridor, le hizo preguntas a su anfitriona acerca de cómo era la vida en Nápoles. Estaba quitándose el delantal que se había puesto cuando se dio cuenta de que Rosa estaba mirándola con una amable sonrisa en los labios.

–Gracias, Molly –le dijo.

–Soy yo quien tiene que darle las gracias, *signora* de Gennaro. La cena estaba deliciosa, tienen una casa preciosa y han sido ustedes tan hospitalarios...

–*Prego* –respondió Rosa, asintiendo con satisfacción–. Llevaba tantos años esperando a tener una nuera... y creo que le harás mucho bien a nuestro hijo.

El corazón de Molly palpitó con fuerza mientras colgaba el delantal de un gancho junto a la puerta, rogando por que Rosa no le pidiera que le contara la romántica historia de cómo se habían conocido. Porque no tenía ninguna historia que relatarle. Sospechaba que la verdad le resultaría muy chocante a aquella amable mujer, pero se sentía incapaz de contarle mentiras.

–Espero que sí –le dijo, con voz algo trémula, al darse cuenta de que era verdad que esperaba que así fuera–. Me gustaría ser lo mejor que pueda como esposa.

Rosa asintió, y escrutó su rostro con una mirada intensa.

–No eres como las otras novias que ha tenido –dijo lentamente.

¿Eso sería bueno, o malo?, se preguntó Molly.

–¿No lo soy?

–En absoluto –Rosa vaciló un momento antes de añadir–: Aunque solo nos presentó a una de ellas.

Molly se quedó callada, diciéndose que no sería buena idea hacer más preguntas. Pero no había contado con la curiosidad que la consumía. Y la curiosidad podía ser algo muy peligroso, la llave que abría puertas invisibles, exponiéndote a cosas que quizás uno preferiría ignorar. Sin embargo, fue incapaz de resistirse.

–¿Solo a una? –inquirió.

–Aquella chica no le convenía –dijo Rosa en un tono sombrío–. Sí, era muy bonita, pero solo le importaba la fama de Salvio. Nunca me habría ayudado con los platos, como has hecho tú. Quería pasar las Navidades en sitios como Nueva York, o Mónaco –murmuró, tocando con las yemas de los dedos la pequeña cruz de oro que adornaba su cuello–. Doy gracias por que no se casara con ella.

«¿Por que no se casara con ella?». A Molly se le encogió el corazón. ¿Significaba eso que Salvio había estado comprometido con otra mujer? ¿El hombre que le había dicho que lo de las emociones no iba con él? Volvió a sentir otra punzada en el vientre, pero tan intensa que tuvo que hacer un esfuerzo para sonreír y disimular aquella molestia. Se sintió aliviada cuando Salvio llamó con el móvil a su chófer para que los recogiera y los llevara al hotel, y cuando se subieron al coche echó la cabeza hacia atrás y cerró los ojos, rogando por que el dolor pasara.

–¿Estás bien? –le preguntó Salvio.

«No, no estoy bien. Acabo de descubrir que ibas a casarte con otra, y ni siquiera me lo has contado», pensó. «A pesar de que llevo un hijo tuyo en mi vientre, no confías lo suficiente en mí como para contármelo todo».

Sin embargo, no quería tener una discusión con él en ese momento, así que mintió y se centró en lo positivo.

–¡Pues claro! –le dijo, obligándose a sonreír de nuevo–. Tus padres son estupendos.

–Sí que lo son –respondió él con una sonrisa–. Les has gustado.

Luego giró la cabeza hacia la ventanilla y pareció quedarse absorto en sus pensamientos mientras admiraba las luces de Navidad que adornaban la ciudad. Molly se preguntó si estaría acordándose de su otra prometida y comparándola con ella, por qué habrían roto, y si sería capaz de reunir el valor suficiente como para preguntárselo.

Pero los calambres que sentía en el vientre eran

cada vez peores, unos calambres tremendamente familiares... Sin embargo, trató de quitarle hierro al asunto, diciéndose que debía de ser cosa del estrés. El estrés de conocer a los padres de Salvio, y quizá también el estrés de haber descubierto que no era la única mujer a la que le había pedido que se casase con él.

Cuando por fin estuvieron de vuelta en su suite del hotel, suspiró de alivio.

–¿Te importa que vaya un momento a leer mi correo electrónico? –le preguntó Salvio mientras la ayudaba a quitarse el abrigo–. Quiero ver si me ha llegado algo de Los Ángeles antes de que todo cierre por vacaciones.

–No, claro que no me importa –musitó ella, mientras él se alejaba ya hacia el escritorio donde tenía su portátil.

Molly acababa de entrar en el cuarto de baño y de cerrar con pestillo, cuando notó algo caliente chorrear entre sus piernas. Al bajar la vista y ver sangre, se quedó paralizada y se puso a temblar. No, era imposible... Aquello no podía estar ocurriendo...

Y, sin embargo, estaba ocurriendo. Lo cierto era que durante toda la velada había estado temiéndose que pudiera pasar, pero la realidad era mucho más dura de lo que jamás podría haberse imaginado. Se agarró con ambas manos al frío borde de la bañera porque sintió que se le nublaba la vista, y deseó estar a solas para poder dejar rodar las lágrimas que acudieron a sus ojos.

Pero como no estaba sola tuvo que enjugarse las lágrimas e intentar calmarse. Fuera, en el dormitorio, estaba su prometido, solo que la razón por la que le había comprado el anillo de diamantes que lucía en el dedo ya no existía. Ahora sería libre, pensó, mientras un grito silencioso de protesta le quemaba la garganta.

Tomó su bolsa de aseo, rogando por que pudiera encontrar en ella lo que necesitaba, aunque no sintió alivio alguno cuando lo encontró; solo la amarga certeza de lo que tendría que decirle a Salvio. Sin embargo, no se sentía con fuerzas para salir del baño y hablar con él en ese momento, de pronunciar unas palabras que sin duda le aliviaría oír. No podría soportar verlo alegrarse; no cuando a ella le dolía el corazón.

Se irguió y se miró en el espejo. No, no podía contárselo en ese momento, ni esa noche, pensó al ver la palidez de su rostro. No cuando las campanas de las iglesias de Nápoles estaban repicando triunfantes para anunciar la celebración navideña del nacimiento de otro niño…

Capítulo 10

HASTA cuándo… –Salvio hizo una pausa antes de continuar– pensabas esperar para decírmelo?

Las palabras cruzaron sus labios como balas de hielo, y de inmediato supo que no estaba equivocado. Lo supo al ver a Molly quedarse paralizada al salir del baño, envuelta en un albornoz blanco.

–¿Decirte qué? –inquirió.

Si hubiese dado la cara y lo hubiese reconocido, tal vez habría sido menos duro con ella, pero la sangre le hirvió en las venas al ver esa expresión ingenua que no indicaba nada más que una mentira. Una maldita mentira. Apretó los labios.

–Que no estás embarazada.

Molly no lo negó. Se quedó ahí plantada, frente a él, y se puso tan pálida que su piel blanca casi parecía translúcida.

–¿Cómo…? –balbució, con miedo en los ojos–. ¿Cómo te has enterado?

Que se lo confirmara solo sirvió para avivar las brasas de la ira en su interior.

–¿Crees que no me doy cuenta de nada? –le espetó–. ¿Que no me preguntaría por qué anoche me rehuiste y te acurrucaste de espaldas a mí en el otro extremo de la cama, haciendo como que dormías? –concluyó irritado.

–O sea, que lo has deducido porque anoche no tuvimos intimidad –resumió ella en un tono apagado.

–No, no solo por eso. Ni tampoco por cómo corriste a meterte en el cuarto de baño cuando volvimos de casa de mis padres y al salir rehuías mi mirada –le contestó él con frialdad–. No soy idiota, Molly. ¿Crees que un hombre no se da cuenta cuando una mujer está menstruando? Su aspecto es distinto. Su olor es distinto.

–¿Cómo podría imaginar que eres una enciclopedia andante de las mujeres? –le espetó ella amargamente–. Eres el primer hombre con el que me he acostado.

Salvio apretó la mandíbula. ¿Estaba utilizando su inocencia como un parapeto tras el que ocultarse, para distraerlo de una posibilidad aún más inquietante?

–O quizá es que para empezar jamás has estado embarazada –la acusó.

Molly se tambaleó y se dejó caer en un sofá cercano, como si después de oír esas palabras no fuera capaz de mantenerse en pie.

–¿Eso es lo que crees? –murmuró, llevándose una mano a la garganta.

–¿Por qué no habría de creerlo? –le espetó él–. Lo cierto es que no he visto ninguna prueba de ese embarazo. ¿Por eso no querías que se lo dijéramos a mis padres? ¿No porque fuera demasiado pronto, sino porque no había ningún bebé?

Molly sacudió la cabeza con incredulidad.

–¿De verdad crees que te mentiría sobre algo tan importante?

–¿Cómo voy a saber lo que harías? Me dijiste que estabas teniendo problemas para pagar las deudas de tu hermano, y yo te había prometido saldarlas si te casabas conmigo –Salvio clavó sus ojos en ella–. Y aquella noche había usado preservativo cada vez que lo hicimos.

Ella seguía mirándolo como si fuera el diablo encarnado.

–¿Estás diciendo… que me lo inventé? ¿Que lo de mi embarazo no fue más que un cuento?

–¿Por qué no? No serías la primera –contestó él, encogiéndose de hombros–. Creo que hoy en día ya no es tan habitual, pero en el pasado era un método bastante común que empleaban las mujeres para conseguir echarle el lazo a un hombre –apretó los labios–. Y casi siempre a un hombre rico.

Molly se puso tensa, y Salvio advirtió el cambio que otras veces había visto producirse en ella. El momento en que su habitual docilidad se convertía en rebelión, en que la indignación endurecía sus facciones. Lanzando chispas por los ojos, se levantó como impulsada por un resorte.

–Sí que estaba embarazada –le espetó, gesticulando como una loca–. Embarazada de verdad. Me hice dos pruebas. Una después de la otra. Y si no me crees, ¡es problema tuyo! Y sí, estaba esperando para decírtelo esta mañana porque anoche no me sentía con fuerzas para tener contigo una discusión como la que estamos teniendo ahora. Así que, si por habérmelo guardado menos de doce horas es ocultarte un oscuro secreto, sí, me declaro culpable. Pero no soy la única que tiene secretos, ¿verdad, Salvio? ¿Cuándo ibas a contarme que ya habías estado comprometido? –le dijo con la voz trémula por la ira–. ¿O ni siquiera pensabas contármelo?

Salvio entornó los ojos.

–¿Te lo dijo mi madre?

–Pues claro que fue tu madre. ¿Cómo iba a saberlo si no?

–¿Y qué te contó?

–Lo suficiente –murmuró ella–. Sé que la mujer con la que ibas a casarte era rica, al contrario que yo. Y que era bonita, al contrario que yo.

El tono hastiado de su voz hizo que Salvio sintiera una punzada de culpabilidad.

–Pero si tú eres preciosa –replicó.

–Por favor, no –dijo ella, levantando una mano para acallarlo–. No empeores las cosas diciendo mentiras.

La digna respuesta de Molly lo sorprendió. ¿Había esperado que se mostrase agradecida por aquel cumplido barato sobre su aspecto? ¿Habría estado, a su manera, subestimándola, como había hecho lady Avery, tratándola como si fuera un objeto en vez de una persona, como si hubiera nacido para servir y no tuviera ni voz ni voto? ¿Se había pensado que la tratara como la tratara ella bajaría la cabeza y no rechistaría?

–Es verdad que eres preciosa –insistió, arrepentido–. Y sí, estuve comprometido hace años. No te lo había contado porque...

–Porque es demasiado doloroso para ti recordarlo, supongo –aventuró Molly, cortándolo.

Salvio apretó los labios. Sí, le resultaba doloroso, pero no por los motivos que ella pensaba. Más bien por la traición que había sufrido. Para él había sido un shock descubrir que Lauren jamás lo había amado, que solo se había sentido atraída por su fama. Esbozó una amarga sonrisa. Quizá debería haber mostrado más empatía hacia Molly, teniendo en cuenta que a él también lo habían tratado como a un objeto.

–Fue hace mucho tiempo –murmuró despacio–. Y no vi razón alguna para remover ese tema.

Ella lo miró exasperada.

–¿De verdad sabes tanto como dices sobre las mujeres? Mejor no contestes; acabas de demostrarme que lo que no sabes probablemente no merece la pena saberlo –le dijo con sarcasmo–. Salvo que quizá no sepas hasta dónde puedes presionarlas antes de que exploten –masculló, apretándose el cinturón del albornoz–. ¿Quién era esa mujer con la que estuviste prometido?

Salvio frunció el ceño. ¿De verdad tenía que contárselo?, ¿remover todo aquello?, pensó resoplando. Pero por la fiera expresión de Molly estaba claro que no le quedaba otro remedio.

–Se llamaba Lauren Meyer –comenzó a regañadientes–. La conocí en un evento de la pretemporada de la Copa de América, y cuando volví a Nápoles se vino conmigo.

–Y seguro que era rubia, ¿no?

–Sí, era rubia –asintió él, ignorando su tono sarcástico–. ¿Qué más quieres saber, Molly? ¿Que era hija de una familia rica y que adoraba la fama y el dinero, por ese orden?

–¿La fama y el dinero?

–Sí. Cuando nos conocimos yo tenía ambas cosas, y me dejó tirado cuando lo perdí todo –dijo Salvio, con una risa amarga.

–¿Qué pasó? –inquirió ella, al ver que se había quedado callado.

Salvio apretó los labios. Lauren había sido el catalizador, la razón por la que se había cerrado a las emociones y había decidido no volver a abrirle a ninguna otra mujer su corazón.

Durante su carrera como deportista muchas mujeres habían codiciado su cuerpo y su dinero, pero había cometido el error de creer que Lauren era distinta.

Giró la cabeza hacia la ventana y miró la bahía antes de volverse de nuevo hacia Molly. Y cuando continuó con su relato se dio cuenta de que, por alguna razón, con ella le resultaba fácil hablar de esas cosas de las que nunca hablaba.

–Después de la lesión que sufrí vino a verme al hospital. Venía todos los días, cada día con un modelo distinto; siempre perfecta, siempre lista para posar con una sonrisa ante los fotógrafos que estaban acampados a las puertas del hospital. También estaba a mi lado cuando empecé las sesiones de fisioterapia, y cuando el médico me dijo que jamás podría volver a jugar al fútbol de manera profesional. Nunca olvidaré la expresión de Lauren –recordó con una risa áspera–. Ni siquiera vino el día que me dieron el alta, pero creí que al llegar a casa me encontraría con que me había organizado una fiesta sorpresa de bienvenida. Le encantaban las fiestas. Pero no fue así. No contestaba a mis llamadas, y era como si hubiera desaparecido de la faz de la tierra. Al cabo de unas semanas me enteré de que había vuelto a Estados Unidos y que estaba saliendo con un chico norteamericano con el que sus padres habían querido que se casara desde el principio. Y así acabó todo. No volví a verla.

Molly se quedó callada un momento, como si estuviera tratando de asimilar todo lo que acababa de contarle.

–¡Qué espanto! –murmuró–. Debió de ser terrible para ti, perderlo todo de esa manera.

–No te lo he contado porque buscara tu compasión, Molly. Te lo he contado porque querías saberlo. Y ahora ya lo sabes.

–¿Y tú… la querías?

Una profunda irritación se apoderó de Salvio. ¿Por qué las mujeres siempre tenían que hacer lo mismo? ¿Por qué lo reducían todo a esas tres palabras y les concedían tanto poder? Sabía lo que quería que le respondiera, y que iba a tener que decepcionarla. Porque si algo no podía hacer era reescribir el pasado. Ni de broma iba a decirle una mentira solo porque sospechara que era lo que ella quería oír. Además, si despreciaba a la gente que mentía, ¿cómo iba a contarle una mentira?

–Sí, la quería –respondió al fin.

Molly ocultó como pudo su dolor mientras intentaba hacerse a la idea de su nueva situación. Porque en menos de doce horas ella también lo había perdido todo. No solo su bebé, sino también sus esperanzas de futuro. Sus esperanzas de convertirse en una buena esposa y una buena madre, de que el bebé pudiera ayudar a Salvio a no ser tan rígido y ser un poco más humano.

Pero de pronto todo eso se había esfumado, como si alguien hubiese tirado de una alfombra bajo sus pies. No le quedaba ninguna ilusión a la que aferrarse, ningún sueño de color rosa. Solo un hombre que había amado a otra mujer y que no la amaba a ella. Un hombre que la había acusado de mentirle sobre su bebé. Un bebé que ya no existía.

Quería taparse la cara con las manos y llorar amargamente, pero de algún modo logró contenerse y, escogiendo sus palabras con cuidado, le dijo:

–No quiero hacer sentir mal a tus padres, pero me siento incapaz de ir hoy a almorzar con ellos después de lo que ha pasado. Además, ¿qué sentido tiene? Dudo que pueda actuar como si no hubiera ocurrido nada. Y menos siendo como es el día de Navidad. Por no mencionar que lo más probable es que tu madre se dé cuenta de que me pasa algo, y no pienso contarle una mentira. Creo que lo mejor es que desaparezca y deje que tú les digas lo que te parezca más conveniente –tragó saliva–. Compraré un billete de avión para volver a Inglaterra lo antes posible.

Salvio se quedó mirándola. No estaba preparado para la intensa sensación que lo inundó. ¿Era decepción? No, parecía una palabra demasiado débil para describir esa sensación. «Decepción» era lo que uno sentía cuando quería ir a esquiar y se encontraba con que no había suficiente nieve en las pistas. O cuando uno se iba de vacaciones al Mediterráneo y le llovía.

Frunció el ceño. Después de lo de Lauren no había querido volver a pensar en el matrimonio, ni en tener hijos, pero cuando Molly le había dicho que estaba embarazada le había propuesto que se casaran porque era lo que le parecía que debía hacer.

Además, aunque la traición de Lauren lo hubiese endurecido, había descubierto que no era de piedra. ¿Acaso no se había permitido fantasear, imaginándose cómo sería criar a aquel hijo, enseñándole a jugar al fútbol?

Solo que ahora Molly quería marcharse. Su vientre estaba vacío y él había machacado su espíritu con sus crueles acusaciones. De hecho, aún seguía mirándolo como si fuese un monstruo. Y quizá era lo que se merecía. Ella se había mostrado amable y generosa con él desde el principio, raras cualidades que solo un tonto despreciaría. Y él era ese tonto.

–No, no te vayas –le suplicó–. No quiero que te vayas, Molly.

–Tengo que hacerlo. No puedo seguir aquí y hacer como si no hubiera pasado nada solo porque no quieres quedar mal ante tus padres.

–No se trata de eso –replicó él–. Sino de que quiero rectificar el daño que te he hecho con esas acusaciones que te he lanzado. Se trata de que tal vez, de algún modo, podríamos hacer que esto funcionara.

–¿Hacer que funcionara qué?

–Nuestra relación.

Molly sacudió la cabeza.

–No tenemos ninguna relación, Salvio.

–Pero podríamos tenerla.

Ella entornó los ojos, contrariada.

–Lo que dices no tiene sentido.

–¿Que no? –murmuró él–. Tengo la sensación de que no te disgustaba demasiado la idea de tener un hijo mío.

Molly bajó la vista al suelo. Al seguir su mirada, Salvio se fijó en que no tenía pintadas las uñas de los pies, y se dio cuenta de que hasta entonces nunca había estado con una mujer cuya principal preocupación no fuese su aspecto. Entornó los ojos. ¿Tan superficial era? Cuando Molly volvió a levantar la cabeza y vio orgullo y dignidad en sus ojos, sintió en su pecho una punzada de algo que no sabría definir.

–Si vas a desnudar tu alma, creo que es justo que yo haga lo mismo con la mía. No podía evitar lo que sentía con respecto al embarazo –le confesó Molly–. No había esperado quedarme embarazada, y no debería haber ocurrido, pero no, no me sentía infeliz ante la idea de que iba a tener un hijo tuyo. Habría sido…

–¿Que habría sido qué? –la instó él al ver que no parecía que fuera a terminar la frase.

«Alguien a quien querer», iba a haber dicho Molly, pero tenía la impresión de que, a pesar de que estaban sincerándose el uno con el otro, no habría sido una buena idea admitirlo en voz alta. Habría hecho que sonase como si estuviese necesitada de cariño y fuese vulnerable. Lo mejor que Salvio podría hacer sería dejarla regresar a Inglaterra para volver a su vida y empezar el complicado proceso de olvidarse de él. Pero en vez de eso estaba mirándola con esa expresión compasiva que estaba haciéndola sentirse… ¿rara? Se esforzó por restarle algo de emoción a sus palabras.

–Habría sido un papel que habría desempeñado con gusto, y habría hecho lo posible por ser una buena madre –dijo–. Y no voy a negar que en cierto modo me siento profundamente decepcionada, pero lo… lo superaré.

Se hizo un tenso silencio, uno de esos silencios que parecían durar una eternidad cuando se sabía que todo dependería de lo que se dijera a continuación. Sin embargo, las palabras de Salvio no fueron las que Molly había esperado.

–A menos que volvamos a intentarlo, claro está –dijo.

–¿De qué estás hablando? –inquirió ella con un hilo de voz.

–¿Y si te dijera que yo también me había hecho a la idea de ser padre? ¿Y que yo también habría desempeñado ese papel con gusto, a pesar de mis reservas iniciales? ¿Y si te dijera que yo también me he sentido decepcionado, y que me he dado cuenta de que sí quiero tener un hijo?

–Pues entonces te sugiero que hagas algo al respecto –le dijo ella con el corazón en un puño–. Búscate una mujer, cásate, forma una familia. Es como se suele hacer.

Se preguntó si Salvio se haría siquiera una pequeña idea de lo doloroso que era para ella tener que decir esas palabras. O de lo difícil que le estaba resultando contener las lágrimas. Lágrimas por la frágil vida que se había perdido, pero también por él, con quien había creado esa vida. Porque, aunque fuera una locura, iba a echarlo de menos. ¿Cómo podía ser que en tan poco tiempo pareciera haberse convertido en algo tan esencial en su vida como el aire que respiraba?

–Es exactamente lo que pretendo hacer. Solo que no necesito encontrar a una mujer, porque ya tengo una delante de mí.

–No lo dices en serio.

–Lo digo muy en serio. Estoy pidiéndote que no te vayas y sigamos adelante con lo que teníamos planeado: que seas mi esposa.

Molly parpadeó, confundida. ¿Seguía queriéndose casarse con ella, a pesar de que ya no llevaba un hijo en su vientre? Recordó el día en que se habían conocido, lo fascinada que se había sentido. Sin embargo, en ese momento no estaba mirándolo como si fuera un semidiós. Se le había caído la venda de los ojos y ahora lo veía tal cual era: un individuo con defectos, igual que ella. Y ella, por su parte, ya no era la misma persona humilde dispuesta aceptar las cartas que el destino le repartiese. Todo lo que había ocurrido le había permitido quitarse las cadenas que siempre la habían definido. Ya no se sentía como una sirvienta, sino como una mujer; una mujer de verdad.

Sin embargo, aunque esa revelación la hizo sentirse liberada, no conseguía entender por qué Salvio aún quería casarse con ella. Ya no había nada que lo atara a ella; volvía a ser libre. ¿No debería estar celebrando que pronto ya no sería parte de su vida, en vez de intentando posponer ese momento?

–Pero… ¿por qué quieres casarte conmigo? –le preguntó.

Salvio la recorrió con la mirada, pero esa vez no

de un modo sensual, sino más bien como juzgando su valía como persona con objetividad.

–Porque me gusta lo cariñosa y amable que eres –dijo–. Porque me gusta tu manera de enfocar la vida y tu ética en el trabajo. Y porque creo que serás una buena madre.

–¿Eso es todo? –se encontró Molly preguntándole.

Salvio entornó los ojos.

–Digo yo que con eso basta, ¿no?

Molly no estaba segura. Era una descripción halagadora de ella, pero faltaba lo principal en esa lista de motivos: el amor. Ahora sabía que Salvio había amado una vez, que le habían roto el corazón, y que a resultas de aquello se había encerrado en sí mismo. ¿Podría ella aceptar su incapacidad de amar como una condición de su matrimonio? ¿Podrían hacer que su matrimonio funcionase a pesar de eso?

–Yo quería ese bebé –le dijo Salvio.

El corazón de Molly palpitó con fuerza.

–Pues tenías una forma muy rara de demostrarlo.

Él se encogió de hombros, como admitiendo que tenía razón.

–No voy a negar que al principio me sentí atrapado. ¿A qué hombre no le pasaría en esa situación? Pero, cuando me fui haciendo a la idea, mis sentimientos empezaron a cambiar.

Una pequeña llama de esperanza se encendió en el corazón de Molly. ¿Podía creerle? ¿Debería darle otra oportunidad?

–Así que… ¿esta vez no me estás pidiendo que me case contigo porque te sientes obligado a ello?

–le preguntó para asegurarse–. ¿Me estás diciendo que ahora sí quieres casarte conmigo?

–Sí –respondió él. Apretó la mandíbula–. No por unas expectativas poco realistas como las que lleva emparejado el amor romántico, sino porque soy un hombre chapado a la antigua. Quiero una familia, Molly. Hasta este momento, en que de repente me he visto despojado de esa posibilidad, no me había dado cuenta de cuánto lo deseo. Quiero tener un heredero a quien poder dejarle mi fortuna. ¿De qué sirve si no amasar tanto dinero? Alguien que lleve mi apellido y que dé continuidad a mis genes; alguien que será mi futuro.

A Molly se le encogió el corazón mientras escuchaba aquellas palabras sinceras salir de su boca. Pensó en lo doloroso que debía de haber sido para él perder su carrera. Pensó en la mujer que lo había traicionado en el peor momento posible; la mujer a la que había amado. No le extrañaba que hubiera levantado un muro en torno a su corazón. ¿Podría ella desmantelar ese muro, piedra a piedra? ¿Se abriría Salvio a ella lo suficiente como para que pudiera siquiera intentarlo? Sabía que corría el riesgo de fracasar, de que aquello no funcionara, pero estaba dispuesta a correrlo, porque era incapaz de imaginarse su vida sin él.

–Está bien, me casaré contigo –le dijo en un tono quedo y desprovisto de emoción.

Salvio se rio suavemente.

–Me vuelves loco, Molly Miller –dijo–. ¿Lo sabías?

–No acabo de entenderlo, pero… –murmuró ella, encogiéndose de hombros.

–Creo que eso es parte de tu atractivo –observó él divertido–. Anda, ven aquí.

La atrajo hacia sí, y por un momento Molly vaciló, porque tenía la regla y… Sin embargo, el modo en que Salvio le acarició la mejilla era más un gesto afectuoso para consolarla que un intento de llevársela a la cama.

–Siento lo del bebé –susurró contra su cabello.

Era la primera vez que la tenía entre sus brazos sin buscar sexo, y Molly cerró los ojos y apoyó la cabeza en su hombro, temerosa de decir nada porque se temía que, de hacerlo, se echaría a llorar.

Capítulo 11

SE CASARON en Nápoles, en una iglesia preciosa, no muy lejos de la casa de los padres de Salvio. El antiguo edificio estaba a rebosar de gente a la que Molly apenas conocía: parientes y amigos de la familia, se imaginaba, e importantes conocidos de Salvio llegados de todo el mundo. A la mayoría se los habían presentado la noche anterior, pero eran demasiados nombres como para recordarlos todos. En vez de celebrar el banquete después de la ceremonia, como era habitual, Salvio había preferido que se hiciera la noche del día anterior a la boda.

Además, sin decirle nada, le había enviado a su hermano, a Robbie, un billete de avión para que volara de Australia a Nápoles y pudiera asistir a la boda, y se había llevado una enorme sorpresa al verlo entrar en el restaurante con su sonrisa despreocupada, que había hecho que más de una chica lo siguiese embelesada con la mirada.

Ella se había levantado para ir a abrazarlo, conmovida por aquel detalle inesperado y tan atento de Salvio. Tenía buen aspecto, mucho mejor aspecto del que había tenido la última vez que se habían visto. Estaba moreno y en forma, y tenía el pelo un poco más largo. Sin embargo, la había inquietado un poco la codicia de sus ojos grises cuando había visto su anillo de compromiso.

–¿Quién iba a decir que te iría tan bien, hermanita? Mejor que bien… –le había dicho–. Tu prometido está forrado.

Ella habría querido replicar que no iba a casarse con Salvio por su dinero, pero probablemente Robbie no la habría creído, teniendo en cuenta que desde su adolescencia se había dedicado a intentar conseguir hacerse rico de manera instantánea. Se había preguntado si el que rehuyera su mirada todo el tiempo se debería a que había vuelto a caer en su adicción al juego, pero a continuación se había encontrado preguntándose si no estaría simplemente extrapolando sus miedos a su hermano.

No, esa vez no tenía por qué tener miedo alguno; había tomado la decisión de casarse, y lo había hecho con los ojos abiertos. Era lo que quería, y estaba dispuesta a esforzarse para que su matrimonio funcionara.

El día de la boda, cuando había llegado el momento, había avanzado hacia el altar con la cabeza bien alta, luciendo el espectacular vestido de novia que había creado para ella una de las diseñadoras más importantes de Londres.

Y cuando habían abandonado la iglesia, ya como marido y mujer, había ocurrido algo que al principio le había parecido muy extraño. Fuera estaba esperándolos un mar de gente con bufandas a rayas blancas y celestes, y al verlos salir los habían vitoreado y habían aplaudido.

Ella había mirado a Salvio confundida, y él, que también parecía algo sorprendido, le había explicado:

–Son aficionados de mi antiguo club de fútbol. Parece que han venido a desearme suerte en mi nueva vida de casado.

Después de la ceremonia habían partido en viaje de luna de miel a bordo del jet de Salvio con destino a Barbados. Se alojaban en una enorme villa privada dentro de un complejo hotelero de lujo. Era lo más parecido al paraíso que Molly podría haberse imaginado, y tan pronto como habían llegado Salvio se había ido a la piscina a darse un chapuzón. Ella, en cambio, había insistido en deshacer su maleta, como era su costumbre.

Al terminar, se cambió, se anudó un pareo a la cintura y salió fuera, donde su flamante marido la esperaba tendido en una tumbona del tamaño de una cama de matrimonio. Lo único que llevaba puesto era un viejo sombrero de paja calado sobre los ojos.

Se le secó la garganta al verlo allí tumbado, al sol, tan campante, completamente desnudo, con la piel reluciente por las gotas de agua. Al oírla llegar giró la cabeza y la recorrió con la mirada de arriba abajo.

–¿Cómo te encuentras? –le preguntó solícito.

Tratando de no fijarse en su incipiente erección, Molly respondió:

–Bien. Esa siesta en el avión me ha venido de maravilla.

–Pues entonces no seas tímida; no te quedes ahí

plantada –Salvio apartó unos cojines y dio un par de palmadas en la tumbona, a su lado–. Ven aquí.

Consciente del sensual brillo de sus ojos, Molly fue hasta allí y se sentó junto a él. A lo lejos se veía el mar, de un turquesa transparente, y bordeado por una arena tan fina que parecía azúcar glas. A su izquierda estaba la piscina privada de la villa. Si necesitaban cualquier cosa, les habían dicho, solo tenían que pulsar uno de los timbres que había colocados en distintos lugares de la villa y acudiría un empleado del hotel para atenderles.

Cuando se tumbó, Salvio bajó la vista a sus pies.

–Te has hecho la pedicura –observó.

Molly, a quien aún se le hacía raro tener las uñas de los pies pintadas, alzó la vista hacia él y parpadeó.

–Me sorprende que te hayas dado cuenta. Creía que los hombres no se fijaban en esas cosas.

–Te sorprenderías –murmuró él–. ¿Es la primera vez que te haces la pedicura?

Molly asintió y levantó la barbilla, ligeramente a la defensiva.

–Supongo que te resultará chocante.

–Pues claro que no. Y aunque hay cosas de ti que sí me resultan chocantes, me gusta, porque te hacen especial –replicó él con una sonrisa.

Salvio le había puesto la mano en la pierna, y Molly notó que sus dedos iban avanzando lentamente por su muslo. Cuando se acercaban, centímetro a centímetro, al minúsculo triángulo de la braguita del biquini, se le puso la boca completamente seca. Tragó saliva.

–Salvio... –murmuró.

–¿Sí?

–Es que… alguien podría vernos.

–Por supuesto que no. Es lo bueno de alojarnos en una villa privada –replicó él–, que no pueden vernos. Además, ¿nunca te has preguntado cómo sería hacer el amor al aire libre?

Molly vaciló.

–Tal vez.

–¿Y por qué no probamos?

–¿Qué? ¿Ahora?

–Sí, ahora.

Molly tragó saliva de nuevo.

–Si estás seguro de que no pueden vernos…

–Me gusta probar cosas nuevas, pero a mí tampoco me gustaría que me observaran en un momento tan íntimo.

–Bueno, está bien. Hagámoslo –susurró ella.

Salvio sonrió y se inclinó sobre ella para rozar con los labios su generoso escote. La piel de Molly estaba caliente por el sol y olía a aceite de coco. El pezón se endureció por sus caricias, marcándose bajo la parte de arriba del biquini.

–Aquí solo puedo verte yo –le dijo Salvio con voz ronca–. Solo que llevas demasiada ropa como para que pueda verte bien –murmuró, desanudándole el pareo.

Cuando se hubo deshecho de él, deslizó un dedo por debajo de la braguita para tocar la parte más íntima de su cuerpo, y la encontró húmeda. «Siempre húmeda y dispuesta», pensó extasiado. Un suspiro tembloroso cruzó sus labios cuando Molly respondió a sus caricias alargando la mano para tocarlo también, y gimió de placer. Le encantaba cuando cerraba los dedos en torno a su miembro palpitante y empezaba a mover la mano arriba y abajo. Y le encantaba cómo lo atormentaba, porque era él quien le había enseñado cómo hacerlo, cómo volverlo loco y obligarle a esperar. Pero ese día se sentía incapaz de templar su ansia y no podía esperar. Le quitó la parte de abajo del biquini e introdujo los dedos entre sus piernas. Molly se revolvió excitada cuando encontró el clítoris, y le clavó las uñas en los hombros cuando comenzó a frotarlo con el pulgar.

–Te gusta, ¿eh? –murmuró Salvio, con un ronroneo de satisfacción.

–No… no pares… –jadeó Molly.

Salvio se rio suavemente.

–No tengo la menor intención de parar. Y aunque quisiera no podría –replicó.

Pero de pronto ya no quería seguir dándole placer con el dedo y, colocándose a horcajadas sobre ella le separó las piernas y la penetró. Molly se arqueó para responder a cada sacudida de sus caderas, y Salvio gruñó de gusto. La sensación era increíble. ¿Podía ser porque ya no necesitaban usar preservativos?, se preguntó, y cerró los ojos, dejándose llevar.

Molly estaba a punto de llegar al clímax, y como sus gemidos de placer iban en aumento, la silenció con un apasionado beso. Al sentir su cálido aliento dentro de su boca y cómo se tensó y se estremeció debajo de él, Salvio también alcanzó el orgasmo, y eyaculó con un intenso gemido, mientras la sujetaba por las nalgas con una mano y los dedos de la otra se enredaban en su sedoso cabello.

Durante un rato permaneció encima de ella, con la cabeza apoyada en su hombro, y debió de quedarse dormido unos segundos, pero cuando se despertó la tomó de la barbilla y la sonrisa beatífica de Molly lo llenó de satisfacción.

–Tenemos dos opciones –le dijo–: podemos volver a vestirnos y llamar para que nos traigan unas bebidas, o puedo ir dentro a prepararlas yo mismo, y tú te quedas como estás, que es lo que yo preferiría.

Molly vaciló un momento.

–Bueno, no me importaría que para variar fueras tú quien me sirvieras –le dijo–. A menos que pienses hacerlo fatal, alegando que eres algo patoso con las tareas domésticas, para no tener que volver a hacer ninguna.

Los labios de Salvio se curvaron en una sonrisa divertida mientras se levantaba de la tumbona.

–¿Es eso lo que hacemos los hombres?

–Según mi experiencia, sí. Aunque solo puedo hablar por mi experiencia laboral, claro está.

–Pues voy a demostrarte que yo no soy así –le dijo él, recogiendo el sombrero del suelo y calándoselo sobre los ojos–. Yo lo hago todo bien –bromeó.

Molly lo siguió son la mirada mientras se alejaba hacia la casa. Aunque no lo había dicho en serio, se preguntó si no habría sido eso lo que más le había dolido cuando su vida había saltado por los aires, el hecho de que los demás lo verían como un fracasado. ¿Sería por eso por lo que no había vuelto a Nápoles y solo regresaba por Navidad?

Sin embargo, había sido capaz de volver a empezar de cero, y había tenido éxito en todos los ámbitos de su vida excepto en uno. A su madre nunca le había gustado Lauren Meyer, pero Salvio la había amado. Se lo había dicho él mismo. Y, si quería que aquel matrimonio siguiera adelante, tendría que resignarse al hecho de que, para él, ella había sido y sería siempre su segunda opción.

Además, al fin y al cabo, había sido así toda su vida. No podía decir que no fuera algo a lo que no estuviese acostumbrada. Cuando una trabajaba sirviendo, siempre anteponía las necesidades de las personas para las que trabajaba a las propias. Se esperaba de ella que fuera a la vez eficiente e «invisible», porque la gente no la veía como a una persona; solo como a alguien que les prestaba un servicio. ¿Y Salvio?, ¿la veía de verdad?, se preguntó. ¿O para él solo era un útero que le daría un heredero?

Un tintineo de cubitos de hielo la hizo girar la cabeza hacia la casa y vio a Salvio yendo hacia ella con dos vasos altos, uno en cada mano. Y mientras lo miraba no pudo sino admirarse de nuevo de que pudiera mostrarse tan desinhibido cuando no llevaba puesto más que aquel viejo sombrero de paja.

Le tendió uno de los vasos y volvió a tumbarse junto a ella. Durante un buen rato los dos tomaron sorbos de sus bebidas en silencio.

–Salvio –le dijo ella al cabo.

–¿Umm? –murmuró él, girando la cabeza hacia ella.

–¿Qué se supone que voy a hacer a partir de ahora? –le preguntó Molly–. Quiero decir, cuando regresemos a Inglaterra y tú vuelvas a tu trabajo.

–¿No estábamos planeando tener un bebé?

–Sí, claro –asintió ella–, pero… podría ser que tardara en quedarme embarazada, ¿no? Y no puedo pasarme todo el tiempo sentada, esperando sin más.

Salvio se quedó callado un momento.

–¿Quieres que te busque algo que hacer? –la miró pensativo–. Tengo una fundación benéfica. ¿Te gustaría colaborar en algo así?

Molly vaciló, sorprendida de que Salvio la considerara lo bastante competente como para colaborar en su fundación. Sin embargo, no la complació tanto que la valorara como que con aquello se sentiría más integrada en su vida.

–Me encantaría –le contestó con una sonrisa.

Sin embargo, lo que Salvio dijo a continuación le chafó por completo ese instante de felicidad.

–¿Sabías que tu hermano me pidió un préstamo la noche del banquete?

A Molly estuvo a punto de resbalársele el vaso de los dedos y se apresuró a dejarlo en el suelo. Con las mejillas ardiendo, exclamó:

–¡¿Qué?!

–Me dijo que se le había ocurrido una idea para un negocio, y quería saber si me gustaría invertir en él.

–Confío en que no le dijeras que sí.

–¿Crees que tengo por costumbre tirar mi dinero así como así? –le espetó él–. Le pregunté cuál era su capital inicial y si había conseguido algún otro inversor, pero parecía reacio a contestarme –mirándola a los ojos muy serio, le preguntó–: ¿Estabas al corriente de esto?

–No. No tenía ni idea –murmuró ella–. Y si me

hubiera pedido mi opinión le habría dicho que ni se le ocurriera pedirte dinero.

Salvio asintió y giró la cabeza hacia el horizonte, dando el tema por zanjado, pero a Molly aquella velada acusación le había estropeado el día, y de pronto se sentía como si una nube hubiese tapado el sol.

Capítulo 12

ENTONCES, ¿cuánto tiempo estarás fuera? –le preguntó Molly durante el desayuno a Salvio, que estaba leyendo uno de los periódicos italianos que hacía que le llevaran cada día a su apartamento de Londres.

–Solo unos días –contestó él, levantando la cabeza para mirarla–. Solo voy a Los Ángeles para ir a unas reuniones de negocios y en cuanto hayamos terminado regresaré.

–Para ser tan poco tiempo vas a hacer muchos kilómetros –observó ella, antes de apurar su taza de café.

–Es cierto –murmuró él–. Oye, ¿por qué no te vienes conmigo? –le propuso, dejando el periódico en la mesa. Los ojos le brillaban de entusiasmo ante aquella posibilidad–. Podríamos quedarnos unos días y tomar la autopista a San Francisco; convertirlo en unas vacaciones. Nunca has visitado los Estados Unidos, ¿no?

La verdad era que nunca había ido más allá de la Isla de Wight, y de eso hacía unos años. Tremendamente tentada por la idea, Molly la sopesó un momento antes de recordar sus responsabilidades.

–Me temo que no puedo. Esta tarde tengo un almuerzo de la fundación.

–Podrías cancelarlo.

–Por supuesto que no –replicó ella–. Parecería que no me lo tomo en serio, que solo estoy colaborando en la fundación para entretenerme porque soy tu esposa.

Las comisuras de los labios de Salvio se curvaron en una sonrisa antes de que se levantara y fuera hacia ella con una expresión traviesa en sus ojos oscuros.

–Pues me temo que entonces no te queda más remedio que ser paciente y esperar a que regrese, *mia sposa,* aunque eso signifique que tengas que pasar cuatro noches enteras sin mí. De hecho, solo de pensarlo me están entrando ganas de besarte.

Lo que comenzó con un beso pronto se convirtió en algo más y, tomando a Molly en volandas con una facilidad que no dejaba de asombrarla, Salvio la llevó al dormitorio. Molly observó divertida la impaciencia con que estaba quitándose la ropa que solo hacía un rato que se había puesto, y se deleitó en el modo en que comenzó a explorar su cuerpo desnudo, como si fuera un tesoro que acabara de descubrir.

Cuando se tumbaron en la cama, suspiró extasiada por la cálida sensación de estar piel contra piel. Estaba loca por él, pensó cuando por fin se hundió dentro de ella. Era un sentimiento contra el que no podía luchar.

Minutos después, todavía estaba en las nubes cuando Salvio regresó de la ducha con la sonrisa ufana de un cazador que había logrado acertar a su presa con la escopeta.

–Eres insaciable –murmuró, observándolo mientras comenzaba a vestirse.

–Y sé lo mucho que lo detestas –dijo él burlón, yendo junto al espejo para anudarse la corbata.

Molly ya casi nunca se fijaba en su cojera, casi imperceptible, pero en ese momento se fijó, y el contraste entre la fragilidad y la fuerza que coexistían en él le recordó algo.

–Salvio…

Él, en vez de volverse, la miró a través del reflejo en el espejo.

–¿Umm?

–Me estaba preguntando si tu fundación benéfica tal vez podría hacer un patrocinio deportivo. Creo que no tiene ningún programa de ese tipo ahora mismo.

–¿Un patrocinio deportivo? –repitió él.

–Sí. Como ofrecer ayudas a jóvenes jugadores de fútbol que procedan de familias con pocos recursos –le explicó Molly vacilante–. Para ayudar a chicos que estén en una situación parecida a la que tú tuviste –concluyó apresuradamente.

Salvio se quedó callado mientras terminaba de colocarse bien la corbata, y cuando habló su tono era gélido.

–El fútbol ya no es parte de mi vida, Molly. Me aparté de ese mundo hace años.

–Sí, lo sé. Pero superaste lo que te pasó. Y ya viste a todos esos hinchas con los colores de tu antiguo club que vinieron a desearte suerte el día de la boda. Te tienen cariño, Salvio; para ellos eres una leyenda. Por eso pensé que estaría… bien… que les correspondieras de algún modo –concluyó vacilante.

Salvio se dio la vuelta y miró a su mujer, que seguía tumbada en la cama, entre las sábanas revueltas, con los ojos entornados.

–¿Tú crees? –murmuró.

Había pensado que, dada su anterior ocupación, habría sido una esposa más dócil de lo que estaba resultando ser. Se la había imaginado asistiendo a las reuniones de la fundación, pero para escuchar y aprender, no para que de repente empezaran a ocurrírsele ideas y a proponer proyectos.

–Me parece que no te corresponde darme consejos sobre cómo gastar mi dinero, Molly –le dijo con aspereza.

Ella se quedó muy quieta y palideció.

–¿Que no me... corresponde? –repitió, parpadeando con incredulidad–. ¿Por qué no? ¿Crees que por haber sido una sirvienta debería permanecer callada y hacer lo que me dicen, en vez de mostrar algo de iniciativa?

–No hay que sacar las cosas de quicio –le dijo él en un tono aséptico, aunque era exactamente lo que había estado pensando–. Y no quiero que discutamos justo antes de tomar un vuelo. Ya lo hablaremos a mi vuelta –fue hasta la cama y se inclinó con una sonrisa en los labios, esa sonrisa a la que ella nunca podía resistirse–. Anda, dame un beso.

Consciente de que sería infantil por su parte apartar la cara, Molly dejó que la besara, aunque para sus adentros estaba que echaba chispas. Cuando Salvio se marchó y oyó cerrarse la puerta del apartamento, se sintió como si la nube rosa sobre la que había estado flotando desde el día de su boda se hubiera convertido de repente en un nubarrón negro. ¿Sería porque, detrás de la apariencia externa de que eran un matrimonio relativamente feliz, las cosas entre ellos no habían cambiado demasiado? Aunque Salvio le había dado un puesto en la junta directiva de su fundación, no parecía dispuesto a permitirle que tuviese ideas propias. Y había otra presión añadida, una posibilidad que no quería siquiera admitir y que no se atrevía a mencionarle a Salvio.

Desanimada, se bajó de la cama y fue a mirar por la ventana. Ya estaban en abril, pero era como si el severo frío del invierno no acabase de dar paso a la primavera y los árboles aún no estaban en flor. En ella tampoco había aún ningún signo de vida, pensó llevándose las manos al vientre. Rogó por que ese mes sucediera lo que tanto ansiaba, a pesar de que en su mente se dibujaba un sombrío escenario alternativo. Tenía miedo de que fuese otro mes de decepción, de intentar animarse y convencerse de que pronto llegaría lo que esperaba, de preguntarse cuánto tiempo podría continuar haciendo equilibrios en la cuerda floja de aquel matrimonio, que solo se había producido porque su rico marido quería un heredero.

Se obligó a ponerse en marcha. Se dio una ducha, se vistió, y tomó un taxi para ir al almuerzo de la fundación, que se hacía en el salón de baile de uno de los hoteles más elegantes de la ciudad, y en el que se premiaba a personas y animales que habían protagonizado algún acto de valor.

De vuelta en el apartamento, estaba cortando verduras para saltearlas, cuando Salvio llamó desde Los

Ángeles, diciendo que la echaba de menos y, aunque quería creerle, la verdad era que esa mañana la había hecho sentirse como si se hubiera pasado de la raya solo por haberse atrevido a expresar una opinión.

Cuando regresara del viaje lo sentaría en el sofá y tendría una charla con él para poner las cartas sobre la mesa. La verdad podía doler, pero siempre era preferible saber a qué atenerse.

Pero entonces ocurrió algo inesperado. Algo que lo cambió todo. Y comenzó con un correo electrónico que recibió de su hermano el mismo día en que estaba previsto que Salvio llegase de Estados Unidos. Robbie no era de los que llamaban o escribían a menudo, y no había sabido nada de él desde la boda, aunque ella le había mandado por el móvil varias fotos de él bailando con una prima lejana de Salvio en la noche del banquete. Ni siquiera le había mencionado lo del préstamo que le había pedido a su marido, porque le había parecido que era un asunto entre ellos dos en el que ella no debía meterse.

Por eso se llevó una alegría al ver que le había llegado un mensaje suyo por correo electrónico. El asunto del mensaje decía: «¿Has visto esto». Extrañada, pulsó para leerlo. «Esto» resultó ser un enlace a un artículo de una revista. Una revista estadounidense, de hecho. Y allí, en tecnicolor, había una fotografía de su marido, sentado en la terraza de un restaurante con una atractiva rubia con el océano de fondo.

Sus dedos apretaron con angustia el ratón mientras movía la rueda con el índice para bajar por la pantalla, pues estaba segura de saber quién era aquella mujer, y, cuando comenzó a leer y se confirmaron sus sospechas, sintió que se le rompía el corazón:

El rompecorazones Salvio de Gennaro, el magnate inmobiliario, fue visto hoy disfrutando de la brisa del océano en Malibú. Recién casado con una joven de clase humilde en una ceremonia con gran boato que se celebró en Nápoles, la ciudad natal del multimillonario, parece que este ha podido sacar tiempo para quedar con un antiguo amor, Lauren Meyer, la hija de una rica familia con quien llegó a prometerse, aunque finalmente no se casaron. Puede que Lauren, que acaba de firmar los papeles de su divorcio, estuviera aconsejando a Salvio sobre las dificultades por las que atraviesa cualquier matrimonio. O eso, o el vino de California que estaban tomando estaba demasiado bueno como para resistirse…

Molly se quedó mirando la pantalla, aturdida, antes de cerrar los ojos con fuerza, en un fútil intento de sobreponerse a los celos. Le temblaban las manos y le dolía el pecho, como si se lo hubieran atravesado con una lanza al rojo vivo. Empujó la silla hacia atrás, se levantó y se tambaleó hasta el dormitorio con la vista nublada por las lágrimas. Trató de enjugárselas con el dorso de la mano, pero no podía parar de llorar, aunque para sus adentros sabía que no tenía sentido que llorase.

Al fin y al cabo, no era como si tuviesen una relación de verdad. No tenía derecho a estar celosa cuando su marido nunca la había amado. Desde el principio no había sido otra cosa que un matrimonio de conveniencia, que les había proporcionado a ambos lo que deseaban.

O, en su caso, más bien lo que ella había creído que deseaba: pasión y una sensación de estabilidad junto a un hombre del que había empezado a enamorarse y, como fin último, formar con él una familia.

Solo que ahora la realidad le había propinado un golpe tan brutal que se vio obligada a admitir para sus adentros lo que de verdad deseaba. No un ático de lujo en Londres, ni diferentes casas alrededor del mundo, ni una tarjeta de crédito de platino con un límite de gasto obsceno.

Acababa de darse cuenta de que lo que de verdad deseaba era el amor de Salvio, algo que jamás podría tener. Salvio era incapaz de enamorarse, al menos de ella. Pero sí había amado a Lauren.

Una extraña sensación de tranquilidad la invadió cuando abrió el armario y sacó su vieja maleta, sabiendo perfectamente lo que iba a hacer. Lo que hasta entonces no había tenido el valor de hacer, lo correcto, lo único que podía hacer.

–¿Molly? –llamó Salvio, frunciendo el ceño al entrar en el apartamento y ver que estaba todo apagado.

Le había mandado un mensaje de texto para decirle que iba de camino a casa, y había dado por hecho que estaría esperándolo para darle la bienvenida con esa dulce sonrisa suya con que lo recibía cada día al regresar del trabajo.

–¿Molly? –la llamó de nuevo, encendiendo las luces. Pero solo contestó el eco del vacío y silencioso apartamento. Fue entonces cuando sobre la mesita del vestíbulo encontró una nota con el anillo de Molly encima.

Salvio:
He visto en Internet el artículo sobre Lauren y sobre ti, y quiero hacer lo que me parece más correcto, así que me alojaré en un hotel hasta que consiga un empleo. Te enviaré mi dirección cuando haya encontrado un piso de alquiler, para que se la comuniques a tus abogados. Ha sido una experiencia increíble y por eso quiero darte las gracias por todo. Te deseo lo mejor.

«¿El artículo?». ¿Qué artículo? Entró en el salón y, al girar la cabeza hacia el escritorio, vio que Molly se había dejado encendido el ordenador. Enfadado, estrujó la nota y fue hasta allí. El navegador estaba abierto, y el artículo al que se refería la nota, por lo que fue lo primero que vio, y se puso a leerlo con creciente incredulidad antes de maldecir en voz alta. Se quedó mirando la fotografía un momento y resopló, pensando que quienes decían que las imágenes no mentían estaban muy equivocados.

Lauren aparecía de perfil, con la brisa agitando suavemente su pelo rubio, y estaba inclinada hacia delante con una expresión intensa. Debían de haber tomado esa instantánea justo antes de su respuesta, que había hecho que sus facciones se desencajasen y que lo mirase con despecho.

Sacó el móvil del bolsillo, buscó el número de Molly y la llamó. No le sorprendió cuando le saltó el buzón de voz una y otra vez. Apretó los labios y buscó otro número en los contactos, un número al que raramente recurría. Cuando contestó alguien al otro lado de la línea, le dio unas cuantas instrucciones y colgó. No iba a dejar a Molly marcharse así, sin más explicación que aquella nota impersonal.

Capítulo 13

MOLLY se quedó mirando las elegantes paredes empapeladas de su habitación. Había escogido aquel hotel de cinco estrellas porque era céntrico, pero al día siguiente empezaría a buscar apartamentos de alquiler. No iba a aferrarse a la vida de lujos que había disfrutado durante el breve periodo en que había sido la esposa de Salvio. Esa vida se había terminado y tenía que hacerse a la idea.

En ese momento le sonó el móvil, pero ni se molestó en mirar quién llamaba. Estaba segura de que era Salvio. Otra vez. Tras otro breve tira y afloja consigo misma decidió ignorar la llamada, igual que no había leído ninguno de los mensajes de texto que le había enviado.

¿De qué le serviría escuchar lo que tuviera que decir? ¿Y si con su palabrería lisonjera conseguía tentarla para que volviera a sus brazos y acababa con el corazón roto? No quería oír excusas ni medias verdades. Prefería conservar la cordura, aunque para ello tuviera que rompérsele el corazón.

Pero lo primero que necesitaba era empezar a buscar un trabajo. Y si encima fuera con alojamiento incluido, tanto mejor. Al día siguiente, por la mañana, se inscribiría en una empresa de trabajo temporal de servicios domésticos. Les diría que quería empezar de cero en algún lugar donde nunca hubiera estado, como Escocia, o Gales.

Un lugar donde pudiera ser una persona completamente anónima, donde lamerse en paz las heridas y tratar de olvidar que, por un breve y maravilloso periodo de tiempo, había sido la esposa de un hombre que… Se mordió el labio inferior. Un hombre del que se había enamorado a pesar de sus esfuerzos por mantenerse inmune a él, concluyó con pesadumbre.

Solo que Salvio no había querido su amor. Solo el amor de Lauren. Tragó saliva. ¿Iría a darle una segunda oportunidad a Salvio aquella mujer? ¿Sería esa la razón que existía detrás de ese encuentro secreto, durante el que los habían fotografiado mirándose con ojos tiernos bajo el sol de California?

No tenía hambre, pero no había comido nada desde el desayuno, así que llamó al servicio de habitaciones para pedir que le subieran una tortilla de queso. Cuando colgó el teléfono se acordó de su hermano. No había contestado a su correo electrónico, más que nada porque no sabía qué responderle.

Se preguntaba si Robbie habría actuado de buena fe, si su intención al enviarle aquella prueba del encuentro clandestino de Salvio había sido su manera de protegerla, de evitar que le hicieran daño. ¿O podría ser que lo hubiera hecho movido por el rencor, porque su rico cuñado se había negado a concederle el préstamo que le había pedido?

Sus pensamientos se vieron interrumpidos por unos golpes en la puerta.

–¿Quién es? –preguntó.

–¡Servicio de habitaciones! –contestó una voz femenina.

Molly abrió la puerta, y le dio un vuelco el corazón al ver a Salvio delante de ella, con una bandeja en las manos con una tapa plateada, mientras por el pasillo se alejaba la empleada del hotel, a la que seguramente le había dado una propina para conseguir que ella no sospechara nada y abriera la puerta.

–Hazte a un lado, Molly –le dijo en un tono áspero.

–No pienso dejarte entrar.

–Pues intenta detenerme si puedes.

Molly no se atrevió. Nunca lo había visto tan decidido como en ese momento, en que entró como un torbellino en la habitación y plantó la bandeja sobre la mesa situada junto a la ventana. Cuando se volvió hacia ella, la sobrecogió la furia que había oscurecido sus facciones.

–¿Cómo me has encontrado?

–Hiciste la reserva con nuestra tarjeta de crédito conjunta. Hice que uno de mis contactos averiguara a qué hotel correspondía.

Molly frunció el ceño.

–¿Eso no es… ilegal?

Salvio se encogió de hombros.

–Cuando un hombre quiere encontrar a su esposa, que se ha dado a la fuga, es natural que recurra a cualquier medio que tenga a su alcance.

–Pues has perdido el tiempo, porque no hay nada más que tengamos que decirnos.

–No estoy de acuerdo. Hay bastante que decir, y vamos a solucionar esto ahora mismo.

De pronto, Molly se dio cuenta de que no podía dejarle tomar las riendas de la situación solo por la fuerza de su carácter. Sí, era un hombre rico, con poder y de éxito, pero ella era su esposa, su igual. Era lo que se había prometido ser cuando había accedido a casarse con él, pero en algún punto esa firme resolución se había disuelto como un azucarillo. No iba a permitir a Salvio de Gennaro que se burlase de ella, ni que le rompiese poco a poco el corazón.

–Vi el artículo en esa revista estadounidense –le espetó.

Para su sorpresa, Salvio suspiró, y un repentino cansancio asomó a sus ojos oscuros.

–¿Qué piensas que hice en Los Ángeles, Molly? –le espetó–. ¿Que me acosté con Lauren?

Ella sintió una punzada en el pecho.

–¿Lo hiciste?

Salvio contrajo el rostro y se pasó una mano por el cabello.

–No, no lo hice. Se enteró de que estaba en la ciudad, me llamó y accedí a almorzar con ella.

–¿Por qué?

–¿Que por qué? –Salvio esbozó una extraña sonrisa–. Porque me pareció que lo lógico sería dejar atrás el pasado de una vez por todas.

–Ya. Y supongo que de pronto ella se había dado cuenta del estúpido error que había cometido al dejarte marchar –apuntó Molly con sarcasmo.

Salvio se encogió de hombros.

–Algo así. Se ha divorciado hace poco y me pidió que le diera otra oportunidad.

–¿Y tú qué le dijiste?

Él se quedó callado un momento y el corazón de Molly palpitó con fuerza.

–Le dije que estaba enamorado de mi esposa –le contestó Salvio–, solo que había sido demasiado idiota como para demostrárselo.

Molly sacudió la cabeza. No se lo creía. No podía creerse que Salvio fuera capaz de reconocer que sentía algo por ella, o de admitir que se había comportado como un idiota.

–No te creo –murmuró.

–Lo sé, y quizá me lo merezca –Salvio vaciló–. Sé que muchas veces me he mostrado frío y poco comprensivo.

–¡No es eso, Salvio! Es el hecho de que estás dando marcha atrás en todo lo que habías dicho. Me dijiste que lo del amor no iba contigo, pero parece que ya no es así. ¿Te acuerdas? Me dijiste que amabas a Lauren, y que después de que te dejara te cerraste al amor. Pero si eso era cierto, si de verdad la amabas como me aseguraste, ¿cómo es que de repente ya no sientes nada por ella? ¿Para ti el amor es solo algo temporal, Salvio, algo que cambia como la dirección del viento?

Salvio inspiró profundamente. Se sentía como si estuviera de pie sobre una tarima, delante de un montón de gente, a punto de pronunciar el discurso más importante de su vida. Solo que no iba a dirigirse a un montón de personas, sino solo a una, a Molly, a la persona que de verdad le importaba. Y su futuro dependía de lo que le dijera.

–Creí que amaba a Lauren porque era así como me sentía entonces –le dijo en un tono quedo–. Y me parece que sería una especie de traición negar que tuve esos sentimientos, que sería como intentar reescribir la historia –hizo una pausa–. Pero ahora me doy cuenta de que lo que sentía no era amor verdadero. Era una mezcla de otras cosas que era demasiado inmaduro como para comprender.

–¿Qué cosas? –inquirió ella cuando se quedó callado.

–Supongo que se trataba más de un empeño de conseguir lo que uno cree que no puede tener –le confesó–. Durante un tiempo me convertí en alguien que no era, en alguien cegado por un ideal, más que por una persona real. Lauren era ese ideal. Y luego te conocí a ti. La persona más auténtica que había conocido jamás. Me hechizaste. Me desarmaste. Había caído bajo tu embrujo antes de darme cuenta de lo que estaba pasando. Me hacías sentir bien, y no solo en la cama. Es como si fuera la mejor versión de mí mismo cuando estoy contigo. Siento que puedo hacer cualquier cosa, aunque haya una parte de mí que se rebele contra esos sentimientos porque para mis adentros no creo que me merezca ser tan feliz.

–Salvio…

–No, por favor, déjame acabar –le pidió él con voz trémula–. Necesito que sepas que todo lo que te estoy diciendo es verdad, porque, si no, no te lo diría –sus ojos negros escudriñaron los de ella–. ¿Me crees, Molly? ¿Crees ahora que sería capaz de ir hasta el fin del mundo por ti si tú me lo pidieras, y que te quiero como nunca antes había querido a nadie?

Molly se quedó mirándolo, pero no tuvo que pensar mucho la respuesta a sus preguntas porque sí lo creía.

–Pero... ¿y qué pasa con el bebé? –le preguntó en un susurro–. ¿Y si...? –tragó saliva–. ¿Y si por algún motivo no puedo darte ese hijo que ansías?

–Pues iremos a los mejores médicos para averiguar por qué, o adoptaremos uno. Además, tener un hijo tampoco es una condición imprescindible para que sigamos juntos, Molly. Quiero tenerte a mi lado. Eso es todo.

Molly parpadeó al darse cuenta, por primera vez, de que Salvio de Gennaro de verdad estaba enamorado de ella. ¡De ella! Un suave rubor de alegría tiñó sus mejillas. Otra mujer en su lugar tal vez se habría jactado al descubrir el poder que ejercía sobre él, pero no se trataba de eso. Se trataba de cosas como el amor, la igualdad, el respeto, la lealtad y la sinceridad. Se trataba de ellos dos.

Sonrió, sintiendo como si el corazón fuera a estallarle de tanta felicidad.

–Te creo –le dijo con dulzura–. Y te quiero. Te quiero tanto... Creo que te quise desde el día en que nos conocimos, Salvio de Gennaro, y ahora sé que siempre te querré.

–Pues entonces deberías venir aquí y besarme –murmuró él, como si fuera a quebrársele la voz–, porque necesito que me convenzas de que esto es real.

Epílogo

SALVIO se quedó mirando las luces mientras se recostaba satisfecho. Luces de colores competían unas con otras entre las bolas relucientes que colgaban de las ramas del árbol de Navidad. Detrás de este, a través del ventanal, se veía la bahía de Nápoles. Molly y él estaban tumbados en la cama del dormitorio principal de su nueva casa.

–¿Eres feliz? –le preguntó a su esposa en un murmullo, pellizcándole suavemente el pezón, mientras sus labios le acariciaban el sedoso pelo castaño.

–¿Que si soy feliz? –repitió ella, frotando la nariz contra su cuello–. Soy tan feliz que no puedo expresarlo siquiera con palabras.

–Bueno, inténtalo al menos.

Molly dibujó arabescos con el dedo sobre el pecho de su marido, justo donde latía su corazón. En la habitación contigua dormía su hijo de diez meses, Marco. Lo habían acostado temprano para que estuviera lo suficientemente descansado para la emoción que supondrían sus primeras Navidades.

Y ese año se reunirían todos en su casa. Los padres de Salvio llegarían en unas horas para la tradicional cena de Nochebuena. Y también Robbie, que en ese momento estaría conociendo a los padres de la prima de Salvio, con quien hacía poco que había empezado a salir.

Molly le rogaba a Dios por que no decepcionara a nadie, pero sobre todo a sí mismo, pero tenía la esperanza de que por fin su hermano se había reformado. Y en buena parte se lo debía a Salvio y a los consejos, severos, aunque bien intencionados, que le había dado. Le había dicho a Robbie que si quería le ayudaría a pagarse los estudios en la universidad, pero solo si desterraba de una vez su adicción al juego.

Y parecía que le había hecho caso. Molly nunca había visto a su hermano tan animado, ni tan esperanzado. Era como si le hubiesen quitado una pesada carga de sus jóvenes hombros. ¿Podría ser que el que ahora contara con la presencia en su vida de un referente masculino sólido lo estuviese ayudando a cambiar?

En las primeras semanas de su embarazo había convencido a Salvio de que su ático de Londres no era lugar para criar a un bebé y se había llevado una sorpresa cuando él se había mostrado de acuerdo. Se habían mudado al campo, a su mansión de los Cotswolds con sus vastos jardines, donde ya se imaginaba a Marco jugando con los hermanitos que estaban por llegar. Además, Salvio había comprado aquella casa en Nápoles con vistas al mar, donde intentaban pasar tanto tiempo como les era posible.

Suspiró contra su cálida piel.

–Me haces tan feliz… –murmuró–. Jamás pensé que un día podría llegar a sentirme así.

Salvio le peinó el cabello con los dedos.

–Es porque te quiero, Molly. Es tan fácil quererte...

–También es fácil quererte a ti. O al menos ahora –lo picó ella.

Él se rio.

–¿Tan gruñón era antes?

–Un verdadero ogro –bromeó ella–. Pero siempre has sido tremendamente sexy.

–¿Está lisonjeándome para que le haga el amor de nuevo, *signora* de Gennaro?

–Me temo que no hay tiempo, cariño. Tengo que irme a la cocina a acabar de preparar la cena. Es una gran responsabilidad cuando tienes que cocinar por primera vez para tus suegros. Y me preocupa que me salga mal el *capitone* –le confesó frunciendo el ceño.

Los dedos de Salvio avanzaron lentamente por su vientre.

–No te irás a ninguna parte hasta que me digas que me quieres.

–Te quiero. Te quiero más de lo que habría creído posible. Te quiero porque eres un padre increíble, un marido increíble, un hijo increíble y un cuñado increíble. Y me encanta que hayas abierto una academia de fútbol aquí en Nápoles para que los chicos pobres que sueñan con ser jugadores profesionales tengan una oportunidad. ¿Te basta con eso?

–Curiosamente, me has dejado con ganas de más –protestó él–. Pero es lo que me pasa siempre.

–Con ganas de más... ¿de qué? –balbució ella, cuando la mano de Salvio se deslizó hacia su muslo, haciéndola estremecer.

–Más de esto –murmuró él con una sonrisa, comenzando a acariciar su sexo húmedo.

Molly gimió de placer.

–Pero, Salvio, no hay tiempo… –le recordó, aunque sus ojos se habían oscurecido de deseo–. ¿Qué pasa con el *capitone*?

Y Salvio dijo algo que, como buen napolitano, jamás habría pensado que diría, aunque dadas las circunstancias del momento, quizá fuera comprensible. La atrajo hacia sí y la besó antes de responder con voz ronca:

–¡Que le den al *capitone*!